Bente Mott

FROSTHAUCH –
Der Sohn des Königs

Roman

Impressum

Bibliografische Information der Deutschen Nationalbibliothek:
Die Deutsche Nationalbibliothek verzeichnet diese Publikation in der Deutschen Nationalbibliografie; detaillierte bibliografische Daten sind im Internet über http://dnb.dnb.de abrufbar.

Lektorat und Cover Design: Bente Mott

Verlag: BoD · Books on Demand GmbH,
Überseering 33, 22297 Hamburg, bod@bod.de

Druck: Libri Plureos GmbH,
Friedensallee 273, 22763 Hamburg

ISBN: 978-3-7526-4189-9

»Wer geboren werden will, muss eine Welt zerstören.«

– Herman Hesse

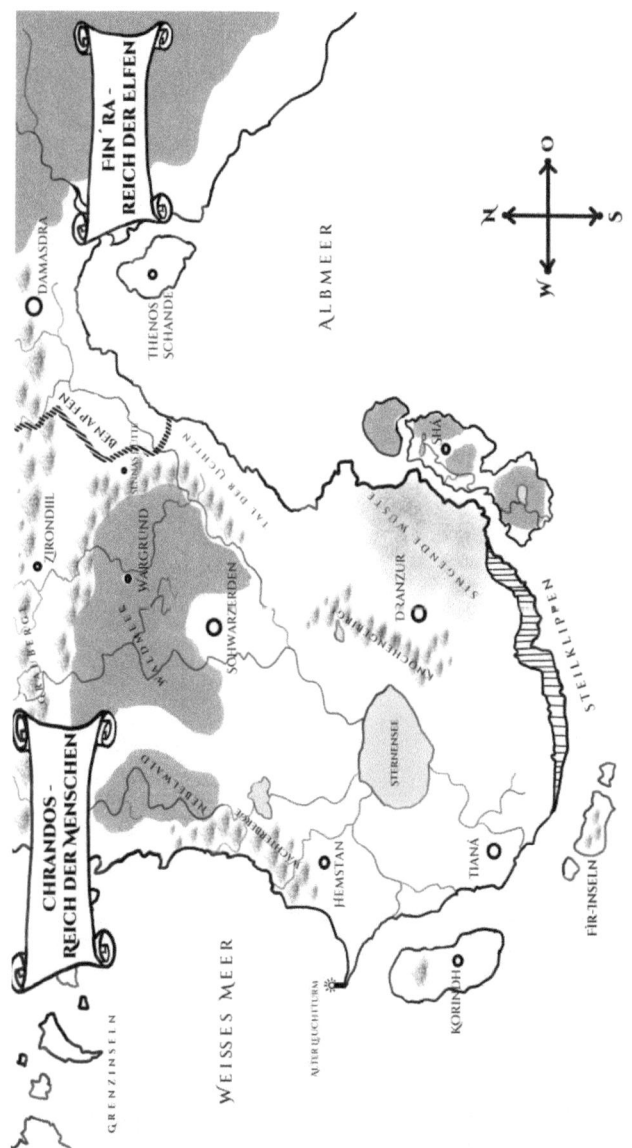

Erster Teil

KAPITEL 1

»Ich bin Emsie Frost.« Wann immer Emsie gezwungen wird, sich mit vollem Namen vorzustellen, sieht sie in dem Gesichtsausdruck ihres Gegenübers eine gewisse Irritation aufblitzen. Bei einem Familiennamen wie Frost erwartet man im Allgemeinen eher eine kühle, zarte Schönheit, die einem frischen Dezembermorgen gleicht. Aber Emsie ist das totale Gegenteil.

Ihr dunkelblondes Haar, das ihr zu einem Zopf geflochten über ihre linke Schulter fällt, sowie die braunen Augen und der sonnengebräunte Teint ihrer Haut, lassen den Mann vor ihr abschätzig die Nase rümpfen. Vielleicht liegt es aber auch an ihrer Kleidung. Für die Übungen auf dem Kampfplatz trägt die junge Frau die leichte Uniform eines Soldaten. Ihre Beine stecken in einer engen schwarzen Hose und über ihrem dunkelblauen Oberteil trägt sie ein silbernes Kettenhemd.

»Ich kenne keine Familie Frost. Und dich, habe ich hier überhaupt noch nie gesehen.« Der Mann überkreuzt ablehnend seine Arme vor der Brust. »Der Zutritt zum Übungsplatz ist nur Mitgliedern der Adelsfamilien gestattet.« Wie um seine Worte noch zu untermauern, zieht er sich dabei, lautstark schniefend, den Rotz wieder in die Nase zurück.

Emsie verzieht vor dem einschüchternden Soldaten keine Miene und mustert ihn stattdessen abschätzig. Dabei fällt ihr auf, in was für einem schlechten Zustand sich die Uniform des Aufsehers befindet. An vielen Stellen ist diese bereits geflickt worden und hat auch sonst schon deutlich bessere Tage gesehen. *Er gehört wohl zu der ärmeren Adelsschicht. Wahrscheinlich ist der abgelegene Wachposten, den er durch seine niedrige Stellung innehat, nicht gerade dafür geeignet, schnell an Neuigkeiten zu kommen.* Die junge Frau seufzt und bindet schließlich ihr Schwert von ihrer Hüfte los. Sie hält es dem Aufseher des Übungsplatzes vor die Nase. »Wir sind neu am Haus des Königs Chrandos. Mein Vater wurde erst kürzlich zum Schatzmeister des Königs ernannt und meine Mutter ist Sergeant Frost der dritten Einheit hier in Schwarzerden. Vielleicht hast du von ihr bereits gehört?«

Der Soldat schielt grübelnd auf das Wappen, das auf die Schwertscheide mit silbernen Fäden gestickt worden ist, dann wieder zu Emsie und dann wieder auf das Emblem in Form einer Schneeflocke. »Sergeant Frost?« Seine Augen weiten sich plötzlich. »Natürlich, jetzt fällt es mir wieder ein! Verzeiht, aber Ihr seht eurer Mutter nicht sehr ähnlich, oder?«

Emsie seufzt zum zweiten Mal an diesem Morgen und zuckt genervt mit den Achseln. Wie oft sie das schon gehört hatte! Im Gegensatz zu ihr passt der Familienname zu ihrer Mutter wie die Faust aufs Auge. Sie selbst kommt eher nach ihrem Vater, der aus dem sonnigen Süden von Dranzur stammt.

»Kann ich jetzt bitte durch?« Der Aufseher nickt stumm und macht ihr schließlich Platz.

»Fräulein Emsie! So wartet doch auf mich!«

Die junge Frau dreht sich um und erblickt ihre Zofe Lara, die schwitzend und außer Atem zu ihr aufschließt. Die ausladende Oberweite der drallen Frau hebt und senkt sich hektisch bei jedem Atemzug.

Emsie bindet sich das Schwert zurück an die Hüfte und überreicht der schwitzenden Frau genervt ihr Taschentuch. »Was ist schon dabei, wenn ich allein zum Übungsplatz gehe? Ich brauche niemanden, der auf mich aufpasst!«

Die Zofe nickt ihr dankend zu und wischt sich keuchend den Schweiß von der Stirn. »Aber euer Vater sagte zu mir ...«

»Ich weiß, was er gesagt hat! Ich stand dabei neben ihm. Aber was soll's, wenn Ihr nicht gehen wollt, dann bleibt eben und seht zu, wie ich mich etwas in der Schwertkunst übe.«

Gemeinsam betreten die beiden Frauen den Übungsplatz. Der Erdboden ist von dem Gewicht der vielen Übenden so dicht geworden, dass es sich anfühlt, als würde man auf Gestein laufen. Für das Training stehen Holzpfähle überall verteilt. Die meisten sind mit einer Vielzahl von alten und neuen Kerben übersät.

Während Emsie sich neugierig umsieht, kommt die Morgensonne hinter den Wolken hervor und taucht alles in ein helles Licht. Ein paar junge Burschen stehen sich bereits gegenüber und üben Paraden oder wärmen sich gemeinsam auf. Emsie spürt die Blicke der jungen Männer auf sich ruhen, als sie ebenfalls beginnt, ihre Gliedmaßen zu dehnen. In Zirondiil, ihrer Heimatstadt, ist es ganz normal, dass beide Geschlechter im Schwertkampf ausgebildet werden. Hier, in der konservativen Stadt des Königs, scheint das eher die Ausnahme zu sein. Schließlich sieht sie unter den Übenden keine einzige weitere Frau.

Vielleicht liegt es auch daran, dass Zirondiil an der Grenze zum Elfenreich liegt und daher unterschiedlichen Einflüssen unterlegen ist? Bei den Spitzohren gibt es keinerlei Geschlechtertrennung. Anscheinend sollen sie sogar gemeinsame Waschräume benutzen! Emsie muss bei dieser Vorstellung amüsiert grinsen. *Ob das wirklich stimmt?* Zumindest erzählt das ihr Bruder Kandell, der mit den Jahren ein gewisses Faible für das andere Volk entwickelt hat. Ihn hat der Umzug bei Weitem am schwersten getroffen. *Wahrscheinlich liegt er immer noch schmollend zu Hause auf seinem Bett und liest wieder Bücher über das Elfengeschlecht, während er gleichzeitig versucht, Vater aus dem Weg zu gehen. Kandell ist gerade nicht gut auf ihn zu sprechen und ich kann es ihm nicht verdenken. Nur wegen Vaters neuer Anstellung am Hof des König, mussten wir nach Schwarzerden umziehen.*

Ihr Bruder ist nur ein Jahr älter als sie und besucht jetzt die Akademie der arkanen Künste und Magie hier in der Hauptstadt. Vor zwei Jahren etwa, wurde bei ihm eine mittelprächtige Gabe festgestellt. Auf Kandells Drängen hin, erlaubte der Vater ihm die Ausbildung zum Magier in Zirondiil. *Wahrscheinlich, so denkt Emsie, ist er froh, dass sein Sohn endlich einmal Interesse an etwas zeigt, dass nichts mit Elfen und ihren Geschichten zu tun hat.*

Emsie beginnt ihr Training mit ein paar einfachen Pirouetten und schlägt mit ihrem Schwert dabei auf einen unsichtbaren Gegner vor ihr ein, als würde sie gegen einen rasenden Oger kämpfen. Schweiß beginnt sich langsam auf ihrer Stirn zu bilden.

Versunken in ihre Übungen, sieht sie die Neuankömmlinge nicht, die gerade in diesem Moment auf den Übungsplatz schlendern. Der Aufseher verbeugt sich übertrieben vor den drei jungen Männern und tritt ihnen eilig aus dem Weg. Einer der beiden kleineren Gestalten bemerkt die junge Frau und deutet amüsiert mit dem Finger auf sie.

Währenddessen wirbelt Emsie konzentriert mit dem Schwert um sich und will gerade zum finalen Schlag in ihrem Kampf gegen die imaginäre Bestie ausholen, als sie plötzlich, mitten in der Bewegung, erstarrt. Jemand steht auf einmal, wie aus dem Nichts geboren, neben ihr.

Überrascht sieht die Schwertkämpferin auf und blickt in das Gesicht eines jungen Mannes. Emsie schätzt ihn etwas älter als sie selbst sein. Seine schulterlangen, rabenschwarzen Haare trägt er nach hinten gekämmt und seine eisblauen Augen sehen sie direkt an.

Emsie lässt irritiert die Waffe in ihrer Hand sinken. Dabei schüttelt sie sich innerlich unter dem hochnäsigen und kalten Blick, mit dem der Fremde sie neugierig betrachtet.

Hinter seiner großen und schlanken Gestalt tauchen auf einmal seine beiden Begleiter auf, die mit ihren vorgestreckten Brustkörben aussehen, wie zwei ausgestopfte Hähne. Jedoch ist es die Ausstrahlung des schwarzhaarigen, die Emsie ganz und gar nicht gefällt. *Er hat einen grausamen Zug um die Augen … Was bei den Göttern, will dieser aufgeblasene Kerl von mir?*

Der junge Mann mustert sie amüsiert von Kopf bis Fuß. Emsie fühlt sich dabei angestarrt, wie ein exotisches Tier in einem Käfig.

»Was für ein seltener Anblick! Und ich dachte schon, heute würde es wieder einen dieser langweiligen Übungstage geben. Eine Frau ist hier eher die Ausnahme.«

Sie sieht ihn mit zusammengekniffenen Augen feindselig an. »Wer seid Ihr? Falls es Euch noch nicht aufgefallen ist, Ihr steht mir im Weg!«

Das aufgesetzte Lächeln des jungen Mannes verringert sich bei diesen Worten ein wenig. Lara kommt auf einmal zu ihnen herübergestürmt, erneut außer Atem, und drückt Emsie grob den Kopf nach unten.

»Verzeiht ihr, Herr! Sie ist neu am Hof des Königs und kennt sich noch nicht aus! Ihre Einführung in die Hofgesellschaft wird erst heute Nachmittag stattfinden, Prinz Ferran. Habt bitte Nachsicht!«

Emsie kann nicht glauben, was sie da hört. *PRINZ Ferran!? Verdammt …*

Während die Schwertkämpferin immer noch zu Boden starrt, überschlägt sich die Zofe fast mit Entschuldigungen und Lobpreisungen auf das Herrschergeschlecht zugleich. Sichtlich genervt hebt Ferran die Hand, um sie zum Schweigen zu bringen.

»Bei den Göttern, spar deinen Atem, Frau! Du läufst schon blau an. Außerdem kann ich mich nicht erinnern, dich um deine Meinung gebeten zu haben.«

Lara verstummt schlagartig und verbeugt sich mehrmals demütig vor dem ranghöheren, jungen Mann. Ihre Augen weiten sich dabei angsterfüllt.

Emsie hat sich währenddessen von dem Griff der beleibten Frau befreit und sieht abschätzig zu Ferran hoch. Widerwillig knickst sie vor ihm. »Entschuldigt mich, Prinz Ferran, aber wenn es Euch nur darum ging, Eure Verwunderung, um meine Anwesenheit auszudrücken, habt Ihr das hiermit getan. Wenn es Euch nichts ausmacht, würde ich gerne weiter trainieren.« Sie merkt, wie Lara sie währenddessen mehrmals warnend am Ärmel zupft, um sie zurückzuhalten, doch Emsie ignoriert sie einfach.

Die Mundwinkel des Prinzen zucken belustigt nach oben und er mustert die Kämpferin mit seinen kalten Augen erneut.

»Wenn es Euch darum geht … Daris! Mein Schwert!«

Der beleibtere der beiden Adligen tritt zügig an Ferran heran und hält ihm gehorsam und mit einem schadenfrohen Grinsen auf den Lippen, dessen Waffe entgegen. Der Prinz zieht das protzig verzierte Schwert mit einem Ruck aus der Scheide und ein heller, metallischer Klang hallt über den Übungsplatz. Erst jetzt fällt Emsie auf, dass die Kämpfer um sie herum mit ihren Übungen aufgehört haben und stattdessen neugierig zu ihr und Ferran herüberstarren. Sie beschleicht dabei ein ungutes Gefühl.

Ihre Zofe nestelt währenddessen nervös an ihrem Kleid herum und sieht immer wieder unschlüssig zwischen Emsie und dem Prinzen hin und her, als würde sie nicht wissen, was sie jetzt tun sollte.

»Ihr wollt mit mir die Klingen kreuzen, Prinz Ferran? Ich bin von niederem adligem Stand, daher steht es mir nicht zu, mit Euch zu kämpfen. Vielleicht sucht Ihr Euch einen Trainingspartner, der eurem Status etwas mehr entspricht?« Sie hofft, dass er den Spott in ihrer Stimme nicht bemerkt. Ihr fällt es schwer, dem aufgeblasenen Mann vor ihr den nötigen Respekt zu zollen.

Ferrans Gesicht verdunkelt sich schlagartig und er fletscht drohend die Zähne. Fordernd deutet er mit dem Schwert auf sie. »Ich bin der Prinz dieses Landes! Wenn ich dir befehle, mit mir zu kämpfen, dann tust du das gefälligst, Neuling. Ich warne dich, wenn du dich mir erneut widersetzt, werde ich nicht so nachsichtig sein.«

Emsie seufzt zum dritten Mal an diesem Morgen und begibt sich widerwillig in Kampfposition. *Warum musste ich auch gleich am ersten Tag hierherkommen, noch bevor ich dem Hof des Königs vorgestellt worden bin? Dann wäre mir dieser Fauxpas erspart geblieben!*

Lara blickt entsetzt und zugleich besorgt zu ihr herüber. Die kleine Frau hat vor Aufregung sogar Schluckauf bekommen und beginnt nun, unkontrolliert auf der Stelle zu hicksen. Die Schwertkämpferin würde in diesem Moment über sie lachen, wenn die Situation nicht so ernst wäre.

Ihre Zofe, sowie die beiden Begleiter des Prinzen, treten eilig einige Schritte zurück und geben den Platz für die Kämpfenden frei.

Ich muss mich auf den Kampf konzentrieren. Es bringt nichts, sich Gedanken zu machen, wer dort vor mir steht. Ich behandle ihn einfach wie jeden anderen Schwertkämpfer auch. Emsie geht in Kampfstellung und spürt, wie sie auf einmal innerlich ganz ruhig wird.

Der erste Angriff des Prinzen kommt schnell und energisch. Emsie weicht ihm mühelos aus und versucht gleichzeitig, den Schlag zu kontern. Doch Ferran blockt den Schwertstreich und greift mit einer Finte ihr rechtes Bein an. Die junge Frau schafft es, der Klinge mit einem Sprung nach hinten auszuweichen.

Er meint es also ernst. Emsie tropft bereits der erste Schweiß von der Stirn. Befriedigt sieht sie, dass auch der Prinz etwas außer Atem gerät. Sie wartet nicht lange und revanchiert sich für Ferrans vorherigen Angriff. Emsie täuscht einen Schlag zu seinem linken Oberarm vor, dreht eine Pirouette und führt geschickt einen Schwertstreich, auf den rechten Unterarm des Prinzen, aus. Eigentlich hätte sie erwartet, dass Ferran den Schlag pariert, doch zu Emsies Überraschung schneidet die Klinge durch Stoff und Fleisch.

Ferran schreit plötzlich überrascht auf und lässt erschrocken seine Klinge in den Staub fallen. Rotes Blut tropft aus dem oberflächlichen Schnitt auf den Boden. Der Königssohn starrt sie mit einem so mörderischen Blick an, dass es Emsie einen kalten Schauer den Rücken herunterläuft.

Für einen Moment ist es totenstill. Dann stürmen seine beiden adligen Gefolgsleute mit einem übertriebenen Entsetzen zu dem Prinzen herüber. »Prinz Ferran! Ihr seid verletzt! Wir sollten schnell zu einem Heiler und die Wunde versorgen lassen!«

Der andere junge Mann, mit den aschgrauen Haaren und der Knollennase, starrt Emsie feindselig an. »Wie kannst du es wagen, den Prinzen zu verletzen! Du kleine Hure!«

Emsie steht perplex da und kann noch nicht ganz begreifen, was gerade geschehen ist.

»Das genügt!« Alle Köpfe drehen sich ruckartig zum Eingang des Übungsplatzes herum, wo ein muskulöser älterer Mann in leichter Rüstung steht und auffordernd in die Hände klatscht. »Ich sagte, das genügt für heute! Zieht euch alle sofort zurück!« Er kommt mit zügigen Schritten zu ihnen herübergelaufen und Emsie atmet spürbar auf.

Ferran beachtet die Wunde an seinem Arm nicht weiter und blafft stattdessen den Mann vor ihm herrisch an. »Was soll das, Serim? Ich bin noch nicht fertig mit ihr!«

Der Kraftprotz bedacht den jungen Prinzen mit einem tadelnden Blick. »Ich bin Euer Lehrmeister, Prinz Ferran. Wen Ihr mit meinen Anweisungen nicht einverstanden seid, dann lauft zu Eurem Vater, dem König und beschwert Euch bei ihm. Und jetzt geht und lasst die Wunde angemessen versorgen.« Die lockigen, kurzen Haare des Mannes leuchten in der Morgensonne wie Feuer.

Zähneknirschend nickt Ferran schließlich und beschenkt Emsie mit einem weiteren kalten Blick, bevor er sich umdreht und herrisch davonschreitet. Seine beiden Schatten folgen ihm aufgeregt und lautstark miteinander plappernd. Auch die anderen Übenden verlassen murrend den weitläufigen Übungsplatz. Der rothaarige Hüne dreht sich langsam zu Emsie herum und mustert sie mit einem Blick, der strenge, aber auch einen kleinen Funken Anerkennung ausstrahlt.

»Du bist also die Tochter von Ida Frost. Ich muss sagen, recht ähnlich siehst du ihr nicht gerade ...«

Emsie muss den Drang unterdrücken, ein viertes Mal zu seufzen. Sie sieht den Lehrmeister des Prinzen neugierig an. »Ihr kennt meine Mutter? Woher?«

»Wir sind sozusagen alte Bekannte. Aber wie auch immer, du solltest jetzt besser nach Hause gehen. Und ich rate dir, dich vom Prinzen und seinem Gefolge fernzuhalten. Hier in Schwarzerden wird der Einzelne gerne schnell denunziert und vor Gericht gestellt. Insbesondere, wenn dabei königliches Blut geflossen ist.«

Emsie nickt zum Zeichen, dass sie versteht. Schnell wischt sie das Blut mit einem Lappen von der Klinge und steckt das Schwert wieder zurück in die Scheide.

Ihre Zofe kommt mit ihrem rotwangigen Gesicht erleichtert herbeigeeilt und bedankt sich ausführlich bei dem Lehrmeister des Prinzen.

Dieser beachtet die kleine Frau jedoch überhaupt nicht. Stattdessen wendet er sich erneut an Emsie. »Eure Mutter hat Euch wahrlich viel beigebracht. Und wie es mir scheint, habt Ihr das gleiche Talent geerbt wie sie. Aber ich rate Euch, Emsie Frost, Euch Eure Übungspartner hier genauer auszusuchen. Nun denn, ich empfehle mich.«

Serim verbeugt sich knapp vor ihr, dann wendet er sich ab und lässt Emsie und ihre Zofe allein zurück. Letztere sieht aus, als würde sie gleich ihn Ohnmacht fallen.

»Was für ein stattlicher Mann! Und er hat Euch gerettet, Fräulein! Nicht auszudenken, was sie mit Euch angestellt hätten, wenn er nicht rechtzeitig eingegriffen hätte! Wenn ich davon Eurem Vater erzähle, er wird ...«

Erschrocken fährt die Schwertkämpferin herum. »Nein! Du darfst Vater nichts von heute erzählen. Versprich es mir!«

KAPITEL 2

Leron, Emsies Vater läuft energisch in der Stube ihres neuen zu Hause auf und ab. Die Schwertkämpferin sitzt auf einem braunen Sessel, mit hochgesteckten Haaren und in einem langen, roten Kleid und lässt die Standpauke geduldig über sich ergehen.

»... Und das Ganze nicht mit Übungsschwertern, nein, auch noch mit scharfen Klingen musstet ihr kämpfen! Bist du verrückt geworden Emsie? Dafür könnten ich und deine Mutter zur Rechenschaft gezogen werden! Hast du dir einmal über die Konsequenzen deiner Handlungen Gedanken gemacht?«

Sie verengt genervt die hellbraunen Augen. »Was hätte ich denn bitte schön tun sollen? Es war schließlich ein Befehl!«

Ihr Vater schüttelt fassungslos seinen dunkelblonden Haarschopf. »Ihn natürlich gewinnen lassen, was denn sonst! Jetzt sag doch auch mal etwas Ida! Auf mich hört das Kind ja nicht!«

Ihre Mutter hat bisher schweigend dagestanden und den aufgebrachten Ausführungen ihres Mannes gelauscht. Wie ihre Tochter trägt sie ein festliches, jedoch dunkelgrünes Kleid, das der Farbe ihrer Augen gleicht. Ihr langes, weißblondes Haar ist zu einer kunstvollen Frisur geflochten. Der ernste Blick, den die Mutter ihrer Tochter zuwirft, lässt diese mit roten Wangen zu Boden blicken. *So ist es immer*, denkt Emsie, *Vater schimpft mich immer aus, aber Mutter lässt mich wieder Runden auf dem Militärübungsplatz laufen, bis ich umfalle.*

»Ich denke, wir haben jetzt keine Zeit dafür. Der König erwartet uns, sowie den restlichen Hofstaat. Es wäre für den ersten Eindruck nicht ratsam, gleich bei der ersten Versammlung zu spät zu kommen. Die Kutsche wartet bereits.«

Leron nickt und verschränkt nachdenklich die Arme vor seiner schwarzen Samtjacke. »Du hast recht, Ida. Aber, Emsie, vergiss nicht, das wird ein Nachspiel haben.«

Die junge Frau nickt mit gesengtem Blick und ergibt sich seufzend ihrem Schicksal.

Als die Familie Frost wenig später den Saal der Könige betritt, ist dieser bereits fast bis zum Bersten gefüllt. Es sieht so aus, als hätten sich der gesamte Adelsstand aus Schwarzerden hier versammelt, um dem König seine Aufwartung zu machen.

Der Audienzsaal ist atemberaubend! So viel künstlerischen Prunk gibt es in Zirondiil nicht. Emsie blickt sich staunend um, während sie und ihre Familie in den Saal mit der hohen Decke und den prunkvoll verzierten Wänden eintreten. Vergoldete Säulen und pastellfarbene Wandgemälde geben dem Raum etwas Märchenhaftes.

»Es ist recht kitschig hier. Ist dir die Deckenbemalung aufgefallen? Es sieht so aus, als hätte König Sigur die Maler dazu genötigt, ein Abbild seiner selbst anzufertigen, dass ständig tadelnd auf einen herabblickt. Wer tut so etwas?« Kandell hat sich mit einem gespielt ernsten Gesichtsausdruck zu Emsie heruntergebeugt und spricht mit gesenkter Stimme, damit ihre Eltern nicht hören können, was er sagt.

Sie dreht sich zu ihm um und schenkt ihm ein sarkastisches Lächeln. Dabei fällt ihr wieder einmal auf, dass ihr Bruder das männliche Ebenbild ihrer Mutter darstellt. Nur seine grünen Augen besitzen einen zynischen Ausdruck, dem Ida fehlt.

»Ich verstehe deine Frage nicht. Er ist der König eines großen Reichs. Und es wäre sicherlich nicht so groß geworden, wenn es dem Herrscher um weniger, als um das eigene Ego gegangen wäre.«

Kandell grinst aufgrund ihrer Antwort verschmitzt, während sie gemeinsam die Treppe zum Saal der Könige herunter schreiten.

Emsie mustert ihren Bruder neugierig. *Die kupferne Jacke und die schwarzen Beinkleider, die er trägt, machen aus ihm tatsächlich einen Mann adliger Herkunft*, denkt die Schwertkämpferin. Auch wenn sie immer das Bild des Jungen vor Augen haben wird, der, statt draußen mit ihr durch die Gärten ihres Anwesens zu streifen, lieber vor einem staubigen Folianten sitzt und Geschichten über Elfen liest.

Die Familie nimmt ihrer Stellung entsprechend, ihren Platz am Anfang des Saals ein, der am weitesten vom königlichen Thron entfernt ist.

Ihr Vater wendet sich ihnen zu und verabschiedet sich mit einem nicken. Da er der neue Schatzmeister von Schwarzerden ist, muss er sich zu den anderen Verwaltungspersonen des Hofes begeben, die zur rechten Seite aufgestellt, näher beim König stehen.

Emsie blickt sich in dem vollen Raum neugierig um. Die adligen Familien stehen dicht aufgereiht am Rand des Saals. Die Farbenpracht der Gewänder und die unterschiedlichen Menschen, die in ihnen stecken, lassen sie interessiert den Blick schwenken.

»Faszinierend, nicht wahr?«

Emsie blickt ertappt zur Seite, direkt in das Gesicht einer jungen Frau, mit braunen, hoch aufgetürmten Haaren. In ihrer Frisur stecken mehrere, aus bunter Schnur und Draht gefertigte Schmetterlinge. Der Blick ihrer grauen Augen ist offen und interessiert. Insgesamt hat sie etwas Prinzessinenhaftes an sich, das die Schwertkämpferin normalerweise eher abschrecken würde. Solche Mädchen kennt sie von ihrer Heimatstadt zu Genüge. Sie sind oberflächlich und nur auf eines aus: Klatsch und Tratsch. Dinge, mit denen Emsie noch nie etwas anfangen konnte. Einer ihrer Vermutungen, wird auch sogleich bestätigt.

»Seht Ihr die Baronin Tulpe dort drüben? Sie glaubt doch tatsächlich, dass sie immer noch die Figur eines jungen Mädchens besitzt! Ihre Fettpolster sprengen noch ihr Kleid. Was wäre das für ein Spektakel! Aber ich habe mich ja noch gar nicht vorgestellt. Ich bin Rana, Tochter von Karin und Lorenz von Hirschhaus.«

Sie sagt es so, als müsse Emsie den Namen kennen. Dem war nicht so. Die Schwertkämpferin nickt ihr höflich zu. »Ich bin Emsie Frost. Tochter von ...«

»Ich weiß schon, wer du bist. Dein morgendlicher Übungskampf hat sich bereits herumgesprochen.«

Emsie sieht erschrocken zu ihr auf.

Rana lächelt nur. »Wenn du mich fragst, war es bitternötig, dass jemand Ferran einmal in die Schranken weist. Weil er der Königssohn ist, lässt man ihn, meiner Meinung nach, deutlich zu viel durchgehen.«

Die junge Frau betrachtet ihre Gesprächspartnerin mit anderen Augen. *Vielleicht scheint sie doch ganz nett zu sein ...*

Ein Trompetenspiel beginnt und leitet den Auftritt des Königs und seiner Familie ein. Als Erstes treten seine Söhne hinter dem gerafften Baldachin hervor. Emsie erkennt Ferran sofort. Hinter ihm folgt der Kronprinz Edwin. Er ist genauso groß wie Ferran, jedoch ist das auch schon die einzige Ähnlichkeit zwischen ihnen. Sein brauner Haarschopf und seine dunklen Augen unterscheiden sich stark von dem Aussehen seines jüngeren Bruders. An Edwins rotem Gesicht kann man sehen, dass er dem Alkohol etwas zu sehr zugeneigt scheint, als es seiner Gesundheit guttun würde.

Dann kommt der König. Sigur besitzt eine stattliche Gestalt und muss in jungen Jahren recht muskulös gewesen sein. Mittlerweile hat er wohl seine Lust an guten Speisen gefunden, denn sein Bauch ist deutlich ausgeprägter als auf dem Deckengemälde des Saals.

Die Fanfare bricht ab und die Mitglieder der Königsfamilie setzten sich auf die für sie vorgesehenen Plätze. Sigur auf den großen, reichlich verzierten Thron, seine Söhne links und rechts neben ihm, auf nicht ganz so prunkvollen Sitzmöglichkeiten. Dann folgt eine Reihe langweiliger Lobpreisungen und traditioneller Floskeln.

Emsie muss ein Gähnen unterdrücken und beginnt langsam, in ihre Tagträume abzudriften. Als jemand plötzlich ihren Familiennamen nennt, schreckt sie überrascht auf. Kandell packt sie daraufhin sanft am Oberarm und geht mit ihr ein Schritt nach vorne. Während ihr Bruder und ihre Mutter sich galant verbeugen, sieht es bei der Schwertkämpferin eher unbeholfen und unsicher aus. Als Emsie mit vor Scham leicht geröteten Wangen wieder aufblickt, bemerkt sie auf einmal die eisigen blauen Augen, die sie von dem anderen Ende des Saals boshaft anstarren. Ein kalter Schauer überkommt die Schwertkämpferin.

Erst als Kandell sie erneut am Kleid zupft, tritt sie eilig wieder zurück in die Reihe. Emsie hält den Blick starr nach vorne gerichtet, da sie genau weiß, dass ihr Bruder sie aufgrund ihrer Verträumtheit gerade amüsiert mustern wird. Und den Gesichtsausdruck ihrer Mutter will sie sich erst gar nicht vorstellen.

»Du bist etwas aufgeregt, nicht wahr? Bei meiner Einführung war ich es auch, obwohl der kurze Moment der Vorstellung, die Nervosität nicht wert ist. Meiner Meinung nach.« Rana deutet mit dem Kinn zu Ferran herüber. »Es sieht so aus, als hätte er dich wiedererkannt.« Sie schüttelt sich kurz, was Emsie amüsiert beobachtet. »Dieser furchtbare Blick!« Die braunhaarige Frau beugt sich näher zu der Schwertkämpferin herunter. »Anscheinend soll er bald mit jemanden vermählt werden. Die arme Frau tut mir jetzt schon leid!«

Auf einmal regt sich vorne etwas und die beiden Frauen richten ihre Aufmerksamkeit wieder dem Wesentlichen zu.

Der König erhebt sich von seinem goldenen Thron. Die Schleppenträger eilen zügig herbei und richten schnell den blauen Umhang ihres Herrschers. Der ganze Aufzug wirkt auf Emsie etwas grotesk.

»Und nun«, spricht Sigur mit dunkler, dröhnender Stimme, »kommen wir zu einer wichtigen Angelegenheit, die allen Anwesenden hier eine Lehre sein soll.« Er klatscht auffordernd in die mit Juwelen beringten Hände.

Auf Signal des Königs öffnet sich die große Flügeltür, durch die die Gäste vorhin den Saal betreten hatten, erneut.

Plötzlich nimmt die junge Frau wahr, wie ihre Mutter hinter ihr scharf die Luft einzieht. Emsie selbst braucht einen Moment länger, um zu begreifen.

Der Mann, der auf einmal von mehreren Wachen flankiert in den Raum geführt wird, sieht furchtbar misshandelt aus. Er starrt vor Dreck und der beißende Geruch nach menschlichen Fäkalien klebt an ihm, dass es einem fast schlecht wird. Das Gesicht des Gefangenen ist von Schrammen und alten und neuen Wunden übersät. Seine Kleidung hängt nur noch in Fetzen an ihm.

Jetzt ist es Emsie, die sich zu Rana herüberbeugt. »Wer ist der Mann?«

Ihre neue Bekannte wirkt etwas blass um die Nase, als sie ihr zögerlich antwortet. »Das ist Abrax Schnellwasser. Ehemaliger Schatzmeister des Königs.«

Emsie sieht die junge Frau vor ihr perplex an. Ihr Blick fällt auf Prinz Ferran, der sein Gesicht zu einer lächelnden Grimasse verzieht.

»Was hat der König vor?« Der sorgenvolle Unterton in der Stimme ihrer Mutter lässt die Schwertkämpferin aufhorchen.

Die Ketten, in die der Mann gelegt worden ist, rasseln bei jedem Schritt, denn er macht. Vor dem König angekommen, fällt der Gefangene erschöpft auf die Knie.

Die Rechtsgelehrte des Königs, eine alte hagere Frau mit schwarzem Umhang, tritt aus der Menge hervor.

»Abrax Schnellwasser wird durch das königliche Recht und dem im Reich Chrandos geltenden Gesetzte beschuldigt, die königliche Schatzkammer bestohlen zu haben. Das Urteil lautet schuldig, im Sinne der Anklage! Die Strafe für solch einen Verstoß, ist der Tod durch das Schwert und wird hier und heute vollstreckt.«

Emsie sieht den Schreck in den Augen der Hofgesellschaft aufblitzen. Es ist plötzlich so still im Raum, dass man die gurgelnden Gedärme von einem der Kammerdiener hören kann. Ihr kommt es vor, als hätte sich auf einen Schlag, ein dunkler Schleier über die farbenprächtige Versammlung gelegt.

»Mein Schwert!«, befehlt der König mit donnernder Stimme. Die geschundene Gestalt auf dem Boden beginnt zu winseln und um Gnade zu flehen.

Emsie kann nicht glauben, dass sie gleich sehen wird, wie dem Mann vor allen Augen der Kopf abgeschlagen wird. Entsetzt sieht sie zu ihrer Mutter und ihrem Bruder herüber, die ebenso ungläubig auf die Szenerie starren wie sie selbst.

Sigur zieht sein Schwert, dass ihm einer der Diener gereicht hat. Das Flehen des ehemaligen Schatzmeisters wechselt zu einem leisen jammern.

Jemand muss doch etwas tun! Will er den Mann ernsthaft hier vor allen Augen töten?«

»Wartet!«

Emsie will gerade aufatmen, als sie erkennt, wer dort an den König herangetreten ist. Kalter Schweiß läuft ihr den Rücken herunter.

»Bitte Vater, lasst mich das tun. Ihr müsst Euch nicht die Hände schmutzig machen.« Als der König nach kurzem Zögern nickt, krempelt sich Ferran vorsorglich die Ärmel seines blau-schwarzen Wams zurück. Ein weiterer Diener eilt sofort heran und bringt dem Prinzen sein eigenes Schwert. Ferran legt, ohne zu zögern, den kalten Stahl an den Hals des Gefangenen an, der daraufhin anfängt, vor Todesangst zu zittern.

Doch bevor er zum Schlag ausholen kann, tritt ein alter Mann in einem roten Mantel aus der Menge nach vorne. Den Insignien nach, ein silberner Anhänger in Form eines Schilds, befestigt an einer ebenfalls silbernen Halskette, handelt es sich dabei um den königlichen Berater.

»Wartet, Eure Majestät! Seid Ihr sicher, dass dies hier der richtige Ort für so eine ... so eine Sache ist?«

Sigur starrt den beleibten Mann für einen Moment an, als hätte dieser gerade etwas unglaublich Dämliches gesagt, dann winkt er gelangweilt ab. »Tradorn, willst du mir etwa unterstellen, ich würde einen Fehler begehen?« Etwas Drohendes liegt in seinen Worten.

Der Berater schüttelt eingeschüchtert den Kopf und zieht sich wieder in die vordere Reihe zurück.

»Hat sonst noch irgendjemand etwas hinzuzufügen?« Sigur lässt den Blick über die Versammlung schweifen.

Fassungslos beobachtet die Schwertkämpferin wie alle anderen Anwesenden schweigend den Augen des Königs ausweichen.

Ferran lässt sich nicht weiter stören und nimmt währenddessen Maß. Das Grinsen auf seinen Lippen verursachte bei Emsie eine Gänsehaut. Er holt aus.

Den ersten Hieb führt der Prinz zu schwach aus. Der Mann am Boden schreit auf, brüllt vor Schmerzen und Angst und entlässt seine Blase auf den mit Goldfäden bestickten Teppich.

Von irgendwo aus der Menge hört Emsie eine Frau laut aufschreien, ansonsten hat sich eine Totenstille auf die adlige Gesellschaft gelegt. Alle starren sie auf den ehemaligen Schatzmeister des Königs und seinen Henker.

Die Schwertkämpferin blickt zu ihrem Vater herüber, der mit bleichem Gesicht auf die Blutlache auf dem blauen Teppich starrt. *Deswegen hat der König also nach einem neuen Schatzmeister geschickt. Vater hat davon sicher nichts gewusst.*

Ferran muss noch zwei weitere Male ausholen, dann hat er den Kopf vom Rumpf abgetrennt.

Die Leiche des ehemaligen Schatzmeisters zuckt und verspritzt noch eine Weile Blut. In den Rängen der Adligen, fallen ein paar der Frauen und Männer in Ohnmacht.

Emsie aber, kann den Blick nicht von der Leiche abwenden und dem Mann, der triumphierend mit dem Schwert in der Hand zu ihr herübersieht. Blutspritzer beflecken seine helle Wange. Was die Schwertkämpferin jedoch am meisten schockiert, ist das schaurige Lächeln, das er ihr zuwirft.

»Wie konnte der König so etwas tun? Das ist inakzeptabel! Einfach inakzeptabel!« Emsies Vater hatte mit seiner Schimpftirade angefangen, sobald sie zu Hause angekommen waren.

»Leron, sei lieber still, du weißt nicht, ob hier nicht irgendwo Spitzel des Königs nur darauf warten, jemanden zu inkriminieren.«

»Aber Ida! Du musst doch selbst zugeben, dass das Ganze ein Skandal ist! Wie konnte er den Saal der Könige nur derart beschmutzen?«

»Zumindest ist es jetzt klar, warum er jemanden aus dem fernen Zirondiil als neuen Schatzmeister zu sich holt. Er vermutet wohl, dass dein Vorgänger nicht allein an dem Diebstahl beteiligt war.«

Leron schüttelte den dunkelblonden Haarschopf. »Aber das ist es ja gerade! Ich habe mich noch mit Tradorn unterhalten, einem der Ratgeber des Königs und der Einzige, der zumindest versucht hat, ihm Einhalt zu gebieten. Die Anschuldigungen waren alle völlig haltlos!«

Emsie und ihr Bruder hören dem Gespräch zunächst nur schweigend zu. Doch dann meldet sich die Schwertkämpferin erstmals wieder zu Wort. »Mein ihr, König Sigur wittert eine Art Verschwörung gegen das Königshaus?«

Ihre Mutter zuckt mit den Achseln. »Das ist stark übertrieben ausgedrückt. Genauso gut kann es sich auch um eine einfache Unterschlagung von Geldern handeln.«

»Oder aber, der König sieht Feinde um sich, wo überhaupt keine sind. Er hat seinen Hofmagier ebenfalls fortgeschickt. Oder besser gesagt, vertrieben. In der Akademie gibt es zurzeit kein anderes Thema.« Kandell verschränkt die Arme vor der Brust und seufzt. »Das erinnert mich daran, dass ich mich so langsam zur Vorlesung aufmachen sollte. Bis später.«

Als der Magierschüler gegangen war, sprechen ihre Eltern immer noch über das gleiche Thema. Emsie hingegen kann an nichts anderes denken als an die kopflose Leiche und Prinz Ferran. Der Blick, mit dem er sie bedacht hatte, strahlte Grausamkeit und Rache aus. Emsie schluckt schwer. *Es könnte sein, dass ich ein Problem habe.*

KAPITEL 3

Die junge Frau schafft es mehrere Tage am Stück, dem Prinzen aus dem Weg zu gehen. Sie beobachtet heimlich den Übungsplatz und merkt sich die Zeiten, wann Ferran ihn normalerweise mit seinem Meister besucht. Doch an diesen Tag ist es Emsie erst spät am Nachmittag möglich, ihrem Schwerttraining nachzugehen. Sie hatte eine lange Diskussion mit ihrer Mutter geführt, die unbedingt will, dass ihre Tochter die Militärakademie besucht.

Ich habe keine Lust, mich irgendwelchen starren Regeln und Befehlen unterzuordnen. Ich will die Kunst des Schwertkampfs meistern und nichts anderes. Warum versteht Mutter das nicht? In Gedanken versunken, bemerkt sie nicht, wie menschenleer das Übungsgelande ist. Nicht einmal der alte Soldat mit der geflickten Uniform ist hier.

Emsie will gerade mit der ersten Aufwärmübung beginnen, als sie im Augenwinkel plötzlich eine Bewegung wahrnimmt. Sie dreht sich um und erstarrt. Emsie ist nicht allein. In der Mitte des Platzes steht noch jemand. Die Person hat sich die Kapuze des grauen Umhangs tief ins Gesicht gezogen. Die Schwertkämpferin schielt hinter sich zu ihrer Waffe, die sie für die Kraftübungen abgelegt hatte, und flucht innerlich.

»Das würde ich lassen.«

Emsie sieht erschrocken auf. Sie erkennt die Stimme sofort.

Prinz Ferran streift sich die Kapuze vom Kopf und schiebt unter dem weiten Umhang eine Armbrust hervor.

Emsie spürt, wie ihr Mund plötzlich ganz trocken wird. Langsam hebt sie die Hände nach oben.

»Was wollt Ihr tun, Prinz? Mich hier einfach niederschießen?«

»Ich will, dass du es rückgängig machst!«

»Was?«

»Tu nicht so scheinheilig, junge Frost. Ich weiß genau, dass DU mich verflucht hast!«

Er hebt den rechten Arm an und Emsie keucht erschrocken auf. Unter dem Verband, den er noch von der Wunde, die sie ihm zugefügt hatte, trägt, kommt ein grauer Ausschlag hervor. Nein, wenn sie ihn sich näher betrachtet, sieht es tatsächlich so aus, als würde sich seine Hand langsam in Stein verwandeln. *Wie ist das möglich?!* Sie tritt irritiert einen Schritt zurück. Ferran richtet die Waffe erneut auf sie.

»Keine Bewegung! Du bleibst, wo du bist.« Er starrt sie feindselig an.

»Was ist das? Was habt Ihr da unter Eurem Verband?«

Nachdenklich durchforscht der Prinz ihr Gesicht. »Stell dich nicht dumm. Ich weiß, dass du es warst!«

Emsie schüttelt energisch den Kopf, dass ihr Zopf ihr ins Gesicht schlägt. »Ich weiß nichts davon! Bitte Prinz Ferran, tut nichts Unüberlegtes! Bin ich wirklich die Einzige, die dafür infrage käme?«

Seine Überzeugung scheint zu wanken, das kann sie an seinem Gesichtsausdruck sehen.

»Wenn jemand von dem Fluch erfährt, wäre das eine Blamage für das gesamte Königshaus!«

»Ich werde nichts sagen, Prinz, versprochen!«

»Als würde ich Gesindel wie Euch vertrauen. Ihr habt keine Ahnung, wie es ist, eine Position wie meine zu beziehen!«

Kurz blitzt ein Schmerz in seinen Augen auf, der Emsie überrascht. Genauso überrascht ist sie, als sie die Worte hört, die tatsächlich über ihre Lippen kommen.

»Mein Bruder! Er studiert Magie hier in Schwarzerden. Vielleicht kann er Euch helfen?«

Für einen Moment schweigt der Prinz, als müsste er sich seine Antwort gut überlegen. Er sieht sie nachdenklich an. »Ich schwöre dir, wenn du, oder dein Bruder irgendetwas verraten, oder du mich reinlegen willst ...«

»Werden wir nicht, Prinz Ferran! Er müsste bereits von seiner Vorlesung zurück sein. Und um diese Zeit ist außer unseren Bediensteten niemand im Haus.« *Bin ich eigentlich total BESCHEUERT? Was, bei den Göttern, sage ich da?*

Der junge Mann senkt zögerlich die kleine Armbrust. Als er sich seine Kapuze wieder über den Kopf gezogen hat, sagt er schließlich: »Also gut, geh voran. Dein Schwert nehme ich. Und keine Dummheiten, klar?«

Emsie seufzt. *Dafür ist es nun endgültig zu spät.*

Die junge Frau hebt die Hand und klopft an die Zimmertür ihres Bruders. Ferran steht seitlich neben ihr und hält die Armbrust drohend und verborgen gegen den Stoff seines grauen Umhangs gerichtet.

»Es ist offen!«, antwortet die dumpfe Stimme von Kandell hinter der dunklen Holztür.

Der Prinz schüttelt energisch den Kopf und Emsie nickt zum Zeichen, dass sie versteht. »Kandell, ich bin es. Kannst du mir die Tür öffnen? Ich ... Ich habe gerade die Hände voll.«

Ein Rumpeln deutet an, dass ihr Bruder sich auf dem Weg zur Tür macht.

»Steckt die Waffe weg, Prinz!«, zischt sie währenddessen dem Mann neben ihr leise zu.

»Und riskieren, dass du Hilfe holst? Vergiss es«, flüstert Ferran.

»Was glaubt Ihr denn, was passiert? Wollt Ihr uns alle über den Haufen schießen? Selbst wenn ich um Hilfe schreie, Ihr seid der Prinz! Was glaubt Ihr wohl, wem sie eher glauben werden?«

Die Tür wird geöffnet.

»Ich hoffe, du hast Tee und etwas Süßes dabei.« Das Lächeln auf Kandells Gesicht erlischt, als er bemerkt, dass seine Schwester nicht allein ist.

»Nicht ganz«, sagt Emsie und drückt sich an ihrem Bruder vorbei, ins Zimmer.

»Du hättest mir auch sagen können, dass du in Begleitung bist.« Er sieht zu der Person mit der Kapuze herüber. »Wer seid Ihr? Wisst Ihr nicht, dass es unhöflich ist, im Haus eine Kopfbedeckung zu tragen?«

»Kandell, warte ...« Emsie blickt besorgt zu dem Prinzen herüber. Als dieser sich mit einem Ruck die Kapuze vom Kopf schiebt, beobachtet sie, wie ihr Bruder plötzlich ganz blass wird.

»Prinz Ferran!« Er beugt ehrerbietig das Haupt. »Verzeiht, ich wusste nicht, dass Ihr es seid, sonst hätte ich nicht ...«

»Behaltet Eure Entschuldigung für Euch, Kandell. Ich brauche sie nicht.« Der Königssohn sieht sich abschätzig in dem unordentlichen Zimmer um. Bücher, Papier und allerhand alchemistische Gerätschaften liegen überall verstreut.

Als Emsie auffällt, dass er die Armbrust wieder versteckt an seinem Gürtel trägt, atmet sie erleichtert aus.

»Aber, erlaubt mir die Frage, Prinz: Was macht Ihr hier? Warum bringt meine Schwester Euch hier her?« Er blickt zu Emsie herüber und zieht verwirrt seine hellen Brauen zusammen.

Die junge Frau zuckt entschuldigend mit den Achseln. »Der Prinz hat ein Problem und ist auf Diskretion angewiesen. Ich dachte, du könntest ihm vielleicht helfen.«

Der Blick, den ihr Bruder ihr gerade zuwirft, kennt Emsie nur zu gut. Denselben muss sie gehabt haben, als sie sich fragte, welcher Teufel sie geritten haben muss, damit sie auf solch eine Idee kommt.

Der Sohn des Königs beginnt daraufhin schweigend, den Verband um seine rechte Hand zu lösen. Emsie kann den langen Schnitt auf dem Unterarm des Prinzen erkennen, den ihre Klinge dort hinterlassen hat. Doch das ist nicht alles. Um die Wunde herum hat sich etwas gebildet. Die Haut dort ist grau und erinnert eher an die Oberfläche eines Felsen als an menschliches Gewebe. Kandell macht einen Schritt näher heran und betrachtet die Stelle fasziniert. »Ihr wurdet verflucht?«

Der Prinz nickt ihm knapp zu.

»Was ist mit eurer Bewegungsfähigkeit? Seid ihr bereits irgendwie eingeschränkt?«

»Mein Handgelenk ist völlig steif, ich kann rechts kaum das Schwert halten. Es sieht nicht nur so aus, es fühlt sich auch so an, als würde ich mich langsam in Stein verwandeln.«

Der Zauberlehrling fasst sich nachdenklich ans Kinn, dreht sich dann um und beginnt, konzentriert in einem Berg von aufgetürmten Büchern herumzukramen.

Emsie blickt währenddessen verstohlen zu dem Prinzen herüber. Dabei fällt ihr plötzlich auf, dass sich ein dunkler, roter Fleck, ungefähr auf der Höhe seiner linken Brust, auf dem Stoff seines Wamses gebildet hat. *Ist das etwa?...*

»Ferran, seid Ihr verletzt? Ich glaube, Ihr blutet!«

Der junge Mann sieht an sich herunter und flucht ausgiebig. »Verdammt, sie muss wieder aufgegangen sein ...« Er nestelt an seinem Wams herum und öffnet ihn ungelenk mit seiner gesunden linken Hand.

Als er die Wunde darunter aufdeckt, zieht Emsie scharf die Luft ein. Unbewusst tritt sie näher an den Prinzen heran. »Das sieht nicht gut aus. Die Wunde muss genäht werden!« Ohne auch nur eine Antwort abzuwarten, holt sie Nadel und Faden aus einem der Schränke in Kandells Zimmer. Auf einem kleinen Tisch steht eine brennende Kerze, mit der sie alles schnell und routiniert sterilisiert.

»Setzt Euch, Prinz.« Sie deutet auf den Sessel neben ihr.

»Ich warne dich, wenn du irgendetwas versuchst ...«

»Ich kann doch nicht zulassen, dass der Prinz von Chrandos bei uns zu Hause verblutet, oder? Setzt Euch. Bitte. Ihr könnt mir vertrauen.«

Ferran blickt misstrauisch zu ihr herüber, doch dann folgt er schließlich ihrer Anweisung. Emsie muss sich überwinden, noch näher an den Prinzen heranzutreten. Unter Ferrans wachsamen Augen, öffnet sie vorsichtig ein paar weitere Knöpfe an dessen Hemd.

»Ich hoffe, du hast so etwas schon einmal gemacht.«

»Schon oft. Macht Euch keine Sorgen. Ich habe früher als Kind den Sanitätern bei der Armee ausgeholfen.«

Das scheint den Königssohn zu beruhigen. Er nickt.

»Ich muss die Wunde zunächst desinfizieren. Zieht Euer Wams und Euer Hemd aus.«

In Ferrans Augen blitzt plötzlich etwas auf, dass die Schwertkämpferin innehalten lässt.

War das Angst? Nein, ich muss mich getäuscht haben. Emsie zieht an dem teuren Stoff. »Nun macht schon. Oder habt Ihr es euch anders überlegt? Wenn man sich nicht um die Wunde kümmert, kann sie sich infizieren. Zumindest wird eine unschöne Narbe zurückbleiben.«

Ferran zieht daraufhin mit einem zynischen Grinsen seine Kleidung aus. »Du meinst, wie die hier?«

Die junge Frau starrt schockiert auf den Oberkörper des Prinzen. Fassungslos schüttelt sie den Kopf. Der Rumpf des jungen Mannes ist übersät mit Narben. Manche müssen schon älter sein, andere sehen rosig und frisch verheilt aus.

»... Woher? Wer hat euch das angetan?«

»Das geht dich nichts an! Und jetzt mach gefälligst deine Arbeit.«

Emsie wendet eingeschnappt den Blick ab und grummelt etwas unverständliches. Während sie die Verletzung eingehend betrachtet, hörte sie von nebenan plötzlich ein Rumpeln und ihren Bruder daraufhin laut fluchen. *Ich habe gar nicht bemerkt, dass er ins Nebenzimmer gegangen ist. Wahrscheinlich ist einer seiner Büchertürme in der Bibliothek gerade über ihn zusammengestürzt.* Emsie muss sich ein schadenfrohes Grinsen verkneifen. Sie nimmt ein Taschentuch und tupft vorsichtig das Blut von Ferrans Wunde. Schorf hat sich bereits darum gebildet. Emsie sieht mit ernstem Blick zu dem Prinzen auf. »Ich muss das getrocknete Blut entfernen, um die Wunde vernähen zu können. Das wird etwas weh tun.«

Ferran nickt nur und rollt genervt mit den Augen. Während sie den Schorf entfernt und die Wunde anschließend noch desinfiziert, verzieht er keine Miene.

Als Emsie den Schnitt zum Schluss noch vernäht, schießen ihr allerlei Gedanken durch den Kopf. Zögerlich sieht sie kurz zu ihm auf.

»Habt ihr eigentlich keinen Heiler am Hof, der sich um so etwas hätte kümmern können?«

Der Prinz zieht verärgert die schwarzen Brauen zusammen und sieht genervt zur Seite. »Nein. Welran, unser ehemaliger Magier hatte sich normalerweise um solche Dinge gekümmert.«

Ein schöner Heiler ist er gewesen, denkt *Emsie. Wenn trotz Heiler solche Narben zurückbleiben, muss er ein absoluter Stümper gewesen sein. Kein Wunder, dass der König ihn verjagt hat.* Sie schneidet den übrigen Faden mit einer Schere ab.

»Wer auch immer euch so verletzt hat, muss eine furchtbar grausame Person gewesen sein.«

»Euer Mitleid könnt ihr euch sparen. Ich brauche es nicht.« Er zieht sich das Hemd wieder über die Brust und knöpft sein Wams zu. Emsie beobachtet ihn dabei nachdenklich.

Im selben Augenblick kommt Kandell ins Zimmer gestolpert, versunken in einen dicken Folianten. Seine Schwester dreht sich rasch zu ihm um, froh, nichtmehr mit Ferran allein sein zu müssen.

»Flüche«, beginnt er direkt mit seinen Ausführungen, »Sind eine komplizierte Sache. Sie werden oft unabsichtlich ausgesprochen. Wenn Gefühle wie Hass oder Abscheu so stark sind, dass sie ausreichen, um die Wirklichkeit zu beeinflussen. Was letzten Endes den Kern der Magie beschreibt: die Energie um uns herum zu kanalisieren und seinen Fähigkeiten entsprechend zu formen.«

Ferran sieht abschätzig zu Emsie herüber, die unschuldig den Kopf schüttelt.

»Um einen Fluch zu brechen, gibt es mehrere Möglichkeiten. Erstens: Derjenige der den Fluch ausgesprochen hat, stirbt und die gebündelte Magie geht wieder ins Chaos über. Zweitens: Der Verfluchte bricht den Fluch selbst, wenn er eine drastische Wesensveränderung durchläuft. Die dritte und letzte Möglichkeit: Ein spezifischer Trank kann Abhilfe schaffen und die Symptome des Fluchs aufheben.«

Die Schwertkämpferin überkreuzt nachdenklich die Arme vor der Brust. »Wer würde Euch so hassen, Prinz Ferran, dass er es schafft Euch zu verfluchen?«

Die Miene des Königssohns verfinstert sich und er sieht nachdenklich zur Seite. »Was weiß denn ich? Ich habe keine Zeit, mir jeden Idioten zu merken, der vergisst, wo sein Platz ist.«

Warum will er nicht herausfinden, wer hinter seinem Fluch steckt? Vielleicht hat er doch eine Vermutung, will sie uns aber nicht sagen ... Emsie zuckt mit den Achseln. »Dann scheint mir die letzte Option als einfachste Lösung. Kannst du einen solchen Trank herstellen?« Emsie sieht zu ihrem Bruder auf, der daraufhin das Buch zuklappt und unschlüssig mit den Schultern zuckt.

»Vielleicht ...?«

Der Prinz steht ruckartig auf. »Was soll das heißen vielleicht? Kannst du es nun, oder nicht?«

Kandell hebt beschwichtigend die Hände nach oben. »Ich muss zunächst Nachforschungen anstellen. Man benötigt für jeden Fluch eine andere Kombination an Zutaten. Was man allerdings bei einem Fluch benötigt, der einen langsam in Stein verwandelt, kann ich noch nicht sagen. Ich muss in die Bibliothek der Akademie. Dort lässt sich bestimmt etwas finden. Aber ob wir die Zutaten dafür bekommen, ist eine andere Sache.«

»Wenn es weiter nichts ist, kannst du das Labor von unserem Hofmagier benutzen. Es ist immer noch so, als hätte Welran es nie verlassen. Er hatte ... Nicht wirklich Zeit zu packen.«

Der Lehrling nickt ernst und seine grünen Augen weiten sich aufgeregt. »Das würde in der Tat helfen ...«

»Wie schnell kannst du den Trank herstellen?«

»Ich weiß nicht ... äußerst grob geschätzt vielleicht frühstens in 12 Tagen. Wenn ich unsere Spezialistin für Flüche fragen kann, vielleicht noch schneller.«

Ferran fährt sich verzweifelt durchs Haar und schüttelt den Kopf. »So lange kann ich nicht warten! In genau dieser Zeit findet das Turnier statt. Wie soll ich mit einer versteinerten Hand ein Schwert halten können? Außerdem wissen für meinen Geschmack schon zu viele Leute davon.«

Ein Turnier? Davon wusste ich ja noch überhaupt nichts! Eine gute Gelegenheit, um gegen möglichst viele Kämpfer anzutreten ... Vielleicht könnte ich auch daran teilnehmen? Emsie räuspert sich lautstark. »Vielleicht solltet Ihr beginnen, mit links zu üben, Prinz? Und Kandell muss der Spezialistin gegenüber ja nichts von Euch erwähnen. Genauso gut, könnte es sich hier um einen theoretischen Fall handeln, oder Bruder?«

»Gewiss ...«

Nach kurzem Zögern nickt Ferran. »Ich gebe es ungern zu, aber die Göre hat recht.« Er sieht zu Emsie herüber und zeigt gebieterisch mit dem Finger auf sie. »DU wirst mit mir üben, mit links zu kämpfen. Eine Absicherung, falls der Trank nicht rechtzeitig fertig wird.«

Perplex starrt Emsie ihn an und blinzelt ein paarmal ungläubig. *Was habe ich denn damit zu tun?!*, schreit es in ihren Gedanken. *Es kann mir doch egal sein, ob Ihr äußerlich zu Stein erstarrt! Innerlich scheint ihr das ja schon zu sein.* Doch die Schwertkämpferin beißt sich auf ihre vorlaute Zunge. »Prinz, ich weiß nicht, ob ich die richtige Person dafür bin ... Warum fragt Ihr nicht einfach Serim, Euren Lehrer?«

Ferrans Blick verdunkelt sich. »Auf den Befehl meines Vaters unterstützt er Edwin, meinen älteren Bruder beim Training. Offenbar besitzt der König kein Vertrauen in meine Schwertkunst. Besonders nachdem sich herumgesprochen hat, dass mir eine dahergelaufene kleine Göre einen Schwertstreich verpassen konnte. Außerdem junge Frost, war das keine Bitte, sondern ein Befehl!«

Die junge Frau knirschte mit den Zähnen. »Ich verstehe. Und wo, bitte schön, sollen wir uns treffen, wenn keiner Euer ... Problem bemerken soll?«

»Außerhalb der Stadt ist der Feuerhain. Dort, auf einer Waldlichtung steht ein alter Schrein für die Waldgötter. Wir treffen uns dort jeden Morgen nach Sonnenaufgang.«

»Wie Ihr befehlt, Prinz Ferran.« Emsie würde den hochnäsigen Mann vor ihr am liebsten sofort auf die Straße setzen. *Was tue ich hier? Er ist nicht nur ein verzogener Prinz, sondern auch ein kaltblütiger Mörder! In was bin ich da nur hineingeraten?*

»Wenn es sonst nichts mehr gibt, breche ich nun auf. In dieser heruntergekommenen Hütte hält man es keine Sekunde länger aus.«

Emsie tritt an den Prinzen heran, der sich gerade seinen Umhang umwirft und sich seine Kapuze wieder tief ins Gesicht zieht.

»Ich bringe Euch zur Hintertür.«

Am Ausgang dreht sich der junge Mann noch einmal zu ihr um.

»Und zu keinem ein Wort!«

»Ich weiß. Keine Sorge, wir werden niemanden etwas erzählen.«

»Und ...«

»Was?« Die Schwertkämpferin sieht genervt zu ihm auf.

»Nichts.« Der Prinz dreht sich um, verschwindet um die Häuserecke und wird eins mit dem Strom an Menschenmassen, die um die Zeit der Heimkehr, die gepflasterten Gassen ausfüllen.

»Gern geschehen«, sagt Emsie noch und donnert die Türe vor sich zu, die durch die Wucht des Schwungs fast aus den Angeln springt. Ihr Bruder steht kopfschüttelnd auf der Treppe und beobachtet ihren Wutausbruch.

»Da hast du uns etwas Schönes eingebrockt, Schwester. Sieh zu, dass Vater und Mutter nichts davon mitbekommen. Sonst bist du schneller auf der Militärakademie, als du schauen kannst.«

Die junge Frau seufzt genervt und nickt ihrem Bruder wortlos zu.

KAPITEL 4

»Du kommst spät.«

Ferran sitzt auf einem umgestürzten Baumstumpf mitten in einer malerischen Waldlichtung. Sein rabenschwarzes Haar glänzt in der Sonne und über dem weißen Untergewand trägt er ein Kettenhemd. Als Emsie vor ihm zum Stehen kommt, deutet sie einen übertriebenen Knicks an.

»Euch ebenfalls einen guten Morgen, mein Prinz. Verzeiht, aber ich habe mich etwas verlaufen. Eine etwas genauere Wegbeschreibung der Waldlichtung mit Schrein, wäre durchaus hilfreich gewesen.« Ein sarkastisches Lächeln zieht sich bei diesen Worten über ihre Lippen.

»Spar dir deinen Spott, Göre. Bringen wir es hinter uns.« Ferran erhebt sich von seinem Platz und nimmt eines der Holzschwerter, die auf dem Boden liegen.

»Wozu die Vorsicht, Prinz? Habt ihr Angst, dass die *Göre* Euch erneut verletzt?« Emsie nimmt grinsend ebenfalls eine der Übungswaffen und begibt sich in Kampfposition.

»Ein Glückstreffer, mehr nicht. Und hüte deine scharfe Zunge, sonst schneide ich sie dir ab.«

Er vollführt den ersten Angriff. Die junge Frau pariert ihn mühelos. *Mit links ist er bei Weitem nicht so präzise und wendig wie mit rechts. Auch wenn man merkt, dass er bereits mit links geübt haben muss. Wir haben trotzdem ein ganzes Stück Arbeit vor uns und wenig Zeit.*

Als die Sonne bereits hoch oben am Himmel steht, machen sie endlich eine Pause. Schwitzend und außer Atem setzten sich die beiden auf den umgestürzten Baumstamm. Prinz

Ferran scheint deutlich mehr außer Atem zu sein als die junge Frau.

»Eins muss ich dir lassen junge Frost, deine Ausdauer ist nicht schlecht.«

Emsie zuckt mit den Achseln und nimmt einen großen Schluck aus ihrer Wasserflasche. »Die hättet Ihr auch, wenn Ihr jedes Mal, wenn man Euch für etwas bestraft, Runden auf dem Militärplatz laufen müsstet, bis ihr vor Erschöpfung umfallt. Meine Mutter ist da äußerst einfallsreich.«

»Anscheinend nicht einfallsreich genug, sonst würdest du nicht eine so gute Kondition besitzen.«

Ein kurzes Lächeln huscht über Emsies Gesicht, dass aber sogleich wieder verschwindet. In ihrem Kopf blitzt auf einmal wieder das Bild auf, wie der Prinz den ehemaligen Schatzmeister im Audienzsaal enthauptet hatte. Ihre Stimmung verdunkelt sich. *Ich darf nicht vergessen, wozu er fähig ist.* »Wisst Ihr, Prinz, ich heiße Emsie. Nicht *du, Göre* oder *junge Frost.* Außerdem sind wir vom Alter her gar nicht so weit auseinander!«

Er blickt sie mit kalten Augen an. »Ich kann dich nennen, wie ich will, kleine Göre. Merke dir das!«

Emsie liegt eine fiese Bemerkung auf der Zunge, aber sie beißt sich auf die vollen Lippen und schluckt ihre Worte herunter. *Stattdessen,* denkt sie, *lasse ich einfach mein Schwert für mich sprechen.*

Am dritten Tag kommt bereits etwas mehr Routine in ihre täglichen Übungsstunden und das gemeinsame Aufwärmen wird fast schon zu einem morgendlichen Ritual. Emsie fällt auf, dass der Prinz an diesem Morgen an seiner rechten Hand einen schwarzen Handschuh trägt.

»Wie weit ist der Fluch bereits fortgeschritten?«, fragt sie ihn plötzlich und ohne Umschweif.

Ferran sieht zu ihr herüber und zuckt schlecht gelaunt mit den Achseln. »Du bist sehr direkt, was? Offensichtlich weit genug, dass er sich nicht mehr durch einen einfachen Verband verdecken lässt. Macht dein Bruder Fortschritte?«

»Er meinte, er würde ganz gut vorankommen. Aber ob er es bis zum Turnier schaffen wird, kann er noch nicht sagen.«

Der schwarzhaarige Mann zieht verärgert die Augenbrauen zusammen. »Wie kann das so lange dauern?«

»Er ist nur ein Lehrling, Prinz. Auch mit der Unterstützung eines Meisters kann er keine Wunder vollbringen.«

Der Prinz schnaubt genervt aus. »Wie auch immer. Machen wir weiter.«

Sie erheben ihre Waffen gegeneinander und begeben sich in Kampfstellung. Doch weit mit ihrem Training kommen sie nicht. Während die beiden beginnen, sich konzentriert zu umkreisen, tritt Emsie versehentlich auf ein Erdwespennest. Auf einmal fegt ein riesiger Schwarm von Insekten bedrohlich über ihnen auf. Das wütende, laute Summen lässt die zwei Schwertkämpfer innehalten.

Emsie wird als Erste gestochen. Sie schreit überrascht auf und versucht panisch mit den Händen wedelnd, die Angreifer zu vertreiben. Dem jungen Prinzen ergeht es nicht anders. Die beiden lassen hektisch ihre Waffen fallen und rennen los, um vor den Stichen der wütenden Insekten zu fliehen. Diese nehmen in blinder Wut die Verfolgung auf. Ein weiterer Stich in die Wade lässt Emsie laut fluchen. Gemeinsam rennen sie fort von der Lichtung, in den Wald hinein.

Als sie die ersten Bäume erreicht haben, dreht sich Prinz Ferran zu Emsie um und gibt ihr mit einem groben Wink zu verstehen, ihm zu folgen. Das scharfe Summen hinter ihnen drängt Emsie zu einer schnellen Entscheidung. Schließlich nickt sie und folgt dem Prinzen durch das Unterholz.

Nach kurzer Zeit taucht vor ihnen plötzlich ein Fluss auf und Emsie begreift, warum Ferran diesen Weg eingeschlagen hat. Ohne zu zögern, springen die beiden hinein.

Mit einem Schlag durchdringt das kalte Nass Emsies Kleidung, betäubt aber gleichzeitig den brennenden Schmerz der Wespenstiche. Sie hält gebannt die Luft unter Wasser an und wartet. *Gut, dass der Fluss nicht allzu tief ist,* denkt die Schwertkämpferin noch, während sie das Gewicht ihres Kettenhemds auf den Schultern spürt. Langsam droht ihr die Luft auszugehen und sie ist gezwungen aufzutauchen.

Wenige Sekunden später stößt auch der Kopf des Prinzen durch die Wasseroberfläche. Beide ringen um Atem und sehen sich hektisch um. Erst als sie sicher sind, den Insekten erfolgreich entkommen zu sein, schwimmen die beiden ans Ufer zurück. Erschöpft schleppen sich Emsie und der Prinz triefend aus dem Fluss heraus und lassen sich keuchend in das trockene Gras fallen.

Auf einmal prustet Emsie laut los und fängt an zu lachen, zu absurd findet sie die gesamte Situation. *Ich habe wirklich unglaubliches Pech! Das kann einfach nicht wahr sein!*

Ferran betrachtet sie für einen Moment perplex und schüttelt irritiert den Kopf. Doch er kann nicht verhindern, dass sich auf seinen Lippen ein leichtes Lächeln formt.

Lachtränen rennen Emsie währenddessen über das mittlerweile verquollene Gesicht und auch bei dem Prinzen beginnen die Stiche der Wespen langsam anzuschwellen.

Als sie sich nach einiger Zeit wieder beruhigt hat, steht Emsie auf und beginnt, suchend am Ufer entlangzulaufen. Ferran beobachtet sie dabei verwirrt.

»Was tust du da?«

Sie antwortet dem Prinzen erst, als sie mit einer Handvoll Blätter zu ihm zurückkehrt. »Zwiebelblätter.« - Sie reicht ihm welche - »Sie helfen gegen die Schwellungen.«

Ferran sieht zuerst Emsie, dann die Blätter in ihrer Hand skeptisch an. Die junge Frau rollt genervt mit den Augen.

»Ich weiß, sie riechen nicht besonders, aber sie helfen.« Zur Demonstration nimmt sie ein Blatt, krempelt ihre Hose hoch und legt es sich auf ihre zerstochene Wade. Dann zieht sie ihr Kettenhemd aus und lässt es ins feuchte Gras fallen. Ferran tut es ihr schließlich gleich und greift ebenfalls nach ein paar, der nach Zwiebel duftenden, Blätter.

Gemeinsam sitzen sie am Ufer, bedeckt von Grünzeug und lassen sich von der Sonne trocknen. Emsies Blick fällt dabei zufällig auf Ferrans rechte Hand. Der Prinz hatte sich den Handschuh ausgezogen, sodass sie nun das Ausmaß des Fluches betrachten kann. *Sie sieht immer mehr aus wie die Hand einer Steinskulptur.* Die Schwertkämpferin schluckt schwer.

»Warum wollt ihr unbedingt das Turnier gewinnen, Prinz? Um euren Vater zu beeindrucken?«

Ferran starrt feindselig zu ihr herüber und Emsie glaubt schon, sie würde keine Antwort mehr bekommen. Doch dann sagt er schließlich: »Ich will nicht ständig im Schatten meines älteren Bruders stehen. Deshalb.«

Emsie blickt nachdenklich zum Fluss herüber, während sie ihr langes, dunkelblondes Haar löst, damit es in der Sonne trocknen kann. »Ich verstehe ...«

»Du verstehst überhaupt nichts!«

Sie fährt erschrocken herum.

Der junge Mann sieht sie an, als habe er soeben ein Kind gescholten.

Emsie spürt, dass sie kurz davor ist, die Geduld zu verlieren. Herausfordernd erwidert sie den ablehnenden Blick des Prinzen. »Ihr habt recht, Eure Hoheit, ich verstehe es nicht! Ich verstehe nicht, wie Ihr den Mann im Audienzsaal kaltblütig töten konntet, genauso wenig, wie Ihr die Leute um Euch herum wie Dreck behandelt. Ich habe Euren Blick damals gesehen, Prinz! Ihr habt mir direkt ins Gesicht gegrinst, während die Lebenssäfte noch aus der Leiche des Schatzmeisters strömten.« Kaum ausgesprochen, bereut die Schwertkämpferin ihre Worte. Während Emsie schnell zu Boden starrt, sieht sie sich für ihr freches Mundwerk bereits im Kerker von Schwarzerden sitzen, in ihrem eigenen Urin und eingekreist von tollwütigen Ratten.

Doch der Prinz reagiert anders als erwartet. Für einen Moment starrt er sie nur überrascht an. »Er wäre ohnehin hingerichtet worden. Ob nun von mir oder jemand anderen. Und ich wollte wissen, wie es ist, jemanden zu töten und ob ich irgendetwas fühle.«

Entsetzt sieht Emsie zu ihm herüber. »Und«, flüstert sie unbewusst, »was habt Ihr gefühlt?«

Seine kalten Augen lassen sie innerlich erschaudern, ehe er den Blick abwendet. »Ich habe nichts gespürt«, erwidert er leise, »außer vielleicht ... So etwas wie Gleichgültigkeit.«

Das sah aber nicht danach aus, fährt es der jungen Frau durch den Kopf. *Oder wolltest du mir nur Angst einjagen? Das hast du nämlich geschafft.*

Ein Windstoß kommt auf und fährt durch ihre feuchte Kleidung und Emsies offenes Haar. Sie bekommt eine Gänsehaut.

Der Prinz hebt die gesunde linke Hand und greift nach etwas in ihrem Haarschopf.

Überrascht von dieser Geste, widersteht Emsie den Drang zurückzuweichen nur schwer.

»Ein Grashalm.« Der Gesichtsausdruck des Prinzen verwirrt die junge Frau. Irgendetwas regt sich dabei in ihrem Inneren. Emsie versteht es nicht sofort. Der junge Mann vor ihr sieht plötzlich so einsam aus, dass sie Mitleid mit ihm bekommt. *Was soll das? Ferran ist mir egal ... Ich ...* Die Schwertkämpferin blinzelt verwirrt, dann steht sie mit einem

Ruck auf und geht davon. Den Prinzen lässt sie allein und ohne weiteren Kommentar am Ufer zurück.

Dieser lässt den Grashalm, den er gerade aus Emsies Haar gefischt hatte, aus der Hand ins Wasser fallen, wo er kleine Wellen schlägt und schließlich mit der Strömung davongetragen wird.

KAPITEL 5

Ren, der alte Diener ihres Vaters, öffnet Emsie die Haustüre.

»Willkommen zurück Fräulein.« Der alte Mann blinzelt überrascht, als er der jungen Frau ins Antlitz sieht. »Bei den Göttern! Was ist mit eurem Gesicht passiert?«

Die Schwertkämpferin schüttelt nur den Kopf. »Fragt nicht, alter Freund. Gibt es irgendetwas Neues?«

»Besuch für Euch. Ich war so frei, sie in Eurem Zimmer warten zu lassen. Ein gewisses Fräulein Rana von Hirschhaus.«

Verdutzt blickt Emsie den grauhaarigen Mann an. *Was will die den von mir?* Schließlich nickt sie. »Danke, ich gehe gleich zu ihr.«

»Wenn sich das Fräulein noch etwas frisch machen möchte … Oder ich nach einem Heiler schicken soll …«

»Nein, danke Ren. Es geht schon.« Sie hört den Diener hinter sich seufzen, als sie die massive Treppe aus Walnussholz nach oben steigt. *Ren wird es nie aufgeben, eine Dame aus mir machen zu wollen. Und ich werde es nie aufgeben, ihn in dieser Hinsicht zu enttäuschen.* Als Emsie in ihr Zimmer eintritt, sieht sie Rana von Hirschhaus auf einem Sessel am Kaminfeuer sitzen. Die hübsche Frau trägt ihr dunkles Haar zu einem Zopf geflochten und mit bunten Bändern verziert. Das blaue Kleid, das sie trägt, sieht deutlich bequemer geschnitten aus als das extravagante Kleidungsstück, das sie während der Versammlung im Audienzsaal getragen hatte. Als sie die Schwertkämpferin bemerkt, springt sie von ihrem Platz auf und macht einen höflichen Knicks. Emsie tut es ihr gleich, wobei sie nicht mit Ranas Anmut mithalten kann.

»Ich grüße dich, Emsie. Wie ich sehe, kommst du gerade vom Training zurück. Komme ich ungelegen? Willst du dich erst einmal ausruhen? Verzeih mir die Bemerkung, aber du siehst nicht gut aus.«

Die junge Frau schüttelt belustigt den Kopf. Sie läuft ans andere Ende des Zimmers und legt ihr Schwert auf den dafür vorgesehenen Ständer. Dabei wagt sie es, einen flüchtigen Blick in den großen Spiegel neben ihr zu werfen. Ihr offenes Haar sieht etwas zerzaust aus, aber ihr Gesicht nimmt langsam wieder seine gewohnte, ebenmäßige Form an. *Die Schwellungen, die durch die Wespenstiche verursacht wurden, scheinen langsam abzuklingen ...* Für einen kurzen Moment sieht sie Prinz Ferran vor sich. Wie nah er ihr gekommen ist, als er den Grashalm aus ihrem Haar herausgezogen hatte. Emsies Herz fängt plötzlich an zu klopfen. Dann schüttelt sie irritiert den dunkelblonden Haarschopf. *Kein Grund, sich von seinem hübschen Gesicht täuschen zu lassen. Er ist ein herzloses Monster und mehr auch nicht. Sobald der Tag des Turniers kommt, bin ich ihn ein für alle Mal los.*

»Nein, schon in Ordnung. Ich hatte beim Training nur ein kleines Wespenproblem.« Emsie kehrt zurück zu den Sitzgelegenheiten und nimmt auf einem der anderen Sessel Platz. Mit einer Handbewegung deutet sie Rana an, es ihr gleich zu tun.

»Warum bist du hier, Rana?«

Der Stoff ihres blauen Kleids raschelt, als die junge Frau der Aufforderung folgt. »Nun, ich dachte, du könntest vielleicht etwas Unterstützung gebrauchen. Der Ball, der am Abend nach dem Sommerturnier stattfindet, ist nicht mehr fern. Und ich weiß nur zu gut, wie man sich als Neuling fühlt. Meine Familie kam vor vier Jahren selbst frisch an den Hof des Königs. Und damals hätte ich gerne mehr über die Edelleute gewusst, um mich bei öffentlichen Veranstaltungen nicht zu blamieren. Außerdem könnten wir vielleicht zusammen ein passendes Kleid für dich aussuchen?«

Die Schwertkämpferin zieht sich die immer noch feuchten Stiefel aus und legt erschöpft ihre dreckigen Füße auf den Ottomanen vor ihr ab. »Sehe ich so aus, als würde ich Hilfe benötigen?« Der ernste Tonfall lässt Rana erschrocken die grauen Augen aufreißen.

»Ähm, also ...«

Emsie prustet los. »Nur ein Scherz! Das war nur ein Scherz! Du hättest dein Gesicht sehen sollen. Nein, natürlich brauche ich Hilfe. Sieh mich doch an!«

Die brünette Frau kichert erleichtert. »Du bist gemein! Und so schlimm steht es auch wieder nicht um dich. Du benötigst nur etwas ... etwas Feinschliff hier und da.«

»Und du bist zu freundlich. Ich weiß ganz genau wie furchtbar schlecht ich in der ganzen Hofetikette bin. Es wäre wirklich hilfreich, wenn du mir etwas über die Edelleute erzählen könntest.«

Rana klatscht aufgeregt in die Hände und grinst begeistert. »Sehr gerne!«

Die beiden unterhalten sich bis in den späten Nachmittag hinein. Rana erklärt Emsie alle wichtigen Adelsfamilien und in welcher Beziehung sie zum König stehen. Irgendwann beginnt der Schwertkämpferin der Magen zu knurren und sie lässt von ihrer Zofe Lara Kuchen und Tee bringen. Das verschafft Emsie eine kleine Pause von den vielen Namen und Titeln, die die junge Frau vor ihr aufzählt.

»Mein Vater selbst, Graf von Hirschhaus, kümmert sich um den Marstall des Königs und versorgt die Kavallerie mit Pferden. Du musst einmal zu uns kommen! Dann machen wir einen kleinen Reitausflug. Das Tal ist zu dieser Jahreszeit einfach entzückend!« Rana scheint langsam mit ihren

Ausführungen fertig zu sein. Denn statt weiter zu reden, schlürft sie genüsslich an ihrem Tee.

»Hast du nicht jemanden vergessen? Was ist mit der Königsfamilie selbst? Über sie muss es doch jede Menge an Tratsch geben, oder nicht?«

Die junge Edelfrau nickt zögerlich. »Das schon. Aber es ist nichts erfreuliches.«

»Jetzt hast du mich wirklich neugierig gemacht! Erzähl schon!«

Rana seufzt kurz, dann schiebt sie sich ein weiteres Stück Kuchen in den Mund. »Du hast seine Majestät, König Sigur schon selbst erlebt. Ich glaube nicht, dass das Wort ‚Gnade' je über seine Lippen gekommen ist. Aber das Land floriert, also sieht niemand genau hin, wenn es um des Königs … Wenn es um seine Neigungen geht.«

»Welche Neigungen?«

»Seit seine erste Frau starb, hat er nie wieder daran gedacht, zu heiraten. Ist das nicht komisch?«

»Na ja, vielleicht trauert er seiner ersten Frau nach? So etwas gibt es durchaus.«

Die Adlige im blauen Kleid schüttelt den Kopf. »Anscheinend soll er sich immer wieder junge Knaben als Schützlinge auswählen. Und die Beziehung soll sogar so weit gehen, dass der König sie in seine Gemächer mitnimmt.«

Emsie sieht ungläubig zu ihr herüber. »Das hört sich mehr nach Tratsch an als nach einer wirklichen Tatsache.«

Rana zuckt mit den Schultern. »Glaube es, oder nicht. Fakt ist jedoch, dass er zu seinen Söhnen unglaublich streng und herrschsüchtig ist. Wenn sie nicht spuren, lässt er sie anscheinend verprügeln, oder legt selbst Hand an sie an. Mit denen möchte man nicht tauschen, glaub mir. Besonders der jüngste soll am meisten darunter leiden. Vielleicht ist das der

Grund, warum er selbst so ein Ekel geworden ist. Auch wenn er unglaublich gut aussieht, meinst du nicht?«

Als die Schwertkämpferin das hört, muss sie sich an die vielen Narben erinnern, die auf dem Oberkörper des Prinzen zu sehen waren. *Sein eigener Vater hat ihm das angetan? Du hast recht Ferran. Ich … Ich habe überhaupt nichts verstanden. Wie unglaublich taktlos ich ihm gegenüber war … Aber trotzdem, rechtfertigt das nicht seinen furchtbar schlechten Charakter!* Ein Räuspern lässt Emsie aus ihren Gedanken aufschrecken.

Rana sieht zu ihr herüber und lächelt verständnisvoll. »Du bist müde, oder? Ich denke, für heute ziehe ich mich zurück. Wie wäre es, wenn ich an dem Tag, nach dem Turnier, noch einmal vorbeikomme, um dir bei deinem Kleid und den Haaren zu helfen?«

Die Schwertkämpferin nickt. »Gerne. Und vielen Dank, dass du gekommen bist. Ich sollte mich wirklich etwas ausruhen.«

Eine Stunde, nachdem Rana gegangen war, sitzt Emsie in einem Badezuber, der bis an den Rand mit dampfendem Wasser gefüllt ist. Genussvoll lehnt sich die junge Frau nach hinten und schließt erschöpft die Augen. Sie kann spüren, wie die Wärme ihre geschundenen Muskeln entspannt. Doch wie sehr sie auch versucht, den Kopf freizubekommen, ihre Gedanken kreisen immer wieder zu Ferran und dem, was Rana über die Königsfamilie gesagt hatte. *Werden Monster als solche geboren, oder werden sie erst dazu gemacht? Und ändert das etwas?*

Emsie erwacht am nächsten Morgen früh. Sogar die Bediensteten, die normalerweise immer als Erstes durch das große Haus huschen, haben ihren Dienst noch nicht angetreten.

So kommt es, dass es diesmal die Schwertkämpferin ist, die die Waldlichtung als Erste erreicht. An einem Apfel kauend und an den hohlen Baumstamm in der Mitte der Lichtung gelehnt, wartet sie verschlafen auf den Prinzen.

Auf einmal taucht eine Gruppe Rehe am Waldrand auf und beginnt auf der taufrischen Wiese zu grasen. Emsie beobachtet sie dabei entzückt, bis plötzlich die schmalen Köpfe der Tiere lauschend nach oben fahren und sie hektisch davonspringen. Emsie dreht sich um und sieht den Prinzen mit herrischen Schritten auf sich zukommen, die Holzschwerter wie gewohnt auf den breiten Rücken geschnallt.

Seine Schwellungen durch die Wespenstiche scheinen vollkommen verschwunden zu sein, denkt Emsie.

Er kommt vor ihr zum Stehen und blickt sie wie gewohnt von oben herab an. »Du bist früh hier.«

»Ich wünsche Euch ebenfalls einen guten Morgen, Prinz Ferran. Und um zu Eurer Bemerkung zurückzukommen: Ich konnte nicht wirklich gut schlafen.«

Er sieht mit undeutbarem Blick zu ihr herüber. »Wenn ich ehrlich bin, habe ich gedacht, du würdest heute nicht auftauchen.«

Emsie zieht fragend die Brauen nach oben. »Warum? Wir haben schließlich eine Abmachung, oder?«

Ferran zuckt stumm mit den Achseln und reicht ihr eines der Übungsschwerter. Als sich ihre Blicke dabei zufällig treffen, sieht Emsie hastig zur Seite.

»Du bist irgendwie komisch heute«, brummt der Prinz.

»Es tut mir leid.«

»Was?«

»Ähm, ich meine … Es tut mir leid, dass ich gestern einfach so verschwunden bin. Das war unhöflich von mir und ich hätte es nicht tun sollen. Und jetzt lasst uns anfangen.«

Der Prinz starrte sie für einen Moment abschätzig an, dann nickte er.

»Gibt es von Kandell irgendwelche Fortschritte zu berichten?«

Eilig nickt Emsie, froh darüber, dass sie das Thema wechseln. »Mein Bruder kommt gut voran. Er meint, er könnte es vielleicht bis zum Turnier schaffen. Wenn es möglich ist, würde er morgen gerne einmal die Kammer des Hofzauberers begutachten wollen.«

»Gut. Ich werde alles veranlassen.«

KAPITEL 6

»Ich bin so froh, dass du gekommen bist, Emsie! Und, habe ich zu viel versprochen?« Rana sitzt im Sattel ihres braunen Wallachs und sieht begeistert zu Emsie herüber, die auf einer grau gescheckten Stute neben ihr reitet. Die beiden Frauen sind in Reithose und -Weste gekleidet und kommen gerade mit ihren Pferden an einem Aussichtspunkt zum Stehen, von dem aus man die gesamte Stadt Schwarzerden und die angrenzenden Ländereien überblicken kann.

»Du hattest recht, das Tal ist wirklich sehr schön. Die grünen Hügel und der Fluss, der sich darum schlängelt, sehen aus, als wären sie einem Gemälde entsprungen.« Emsie lässt dabei den Blick langsam nach Norden, in die Ferne schweifen. *Zirondiil muss ungefähr in dieser Richtung liegen. Wahrscheinlich fällt dort auf den Bergen bereits der erste Schnee.*

Die junge Frau auf dem braunen Wallach beobachtet die Schwertkämpferin dabei nachdenklich. »Der Norden ist bestimmt nicht weniger hübsch anzusehen.«

Ein weiteres Mal wird Emsie von Ranas Feinfühligkeit überrascht. Ertappt sieht sie zu ihrer Freundin herüber, die ihr verständnisvoll zulächelt. *Sie kann die Menschen wirklich gut lesen. Mein Gedanke blieb ihr nicht verborgen.*

Emsie zuckt unschlüssig mit den Achseln. »Ich würde sagen, er besitzt eine andere Art von Schönheit. Weniger Blumen und grüne Wiesen, dafür mehr Berge, Felsen und Wald. Die Natur ist rauer und ehrlicher. Genauso, wie die Menschen dort. Hier habe ich manchmal das Gefühl, in einer Welt aus einem Märchen gefangen zu sein, die mir meine Amme früher als Kind erzählt hatte. Fehlt nur noch der

Drache, der Frauen raubt, um irgendwelche größenwahnsinnigen Prinzen damit anzulocken und sie zu fressen. Ich habe nie verstanden, wie man auch nur auf die Idee kommen kann, gegen einen richtigen Drachen den Hauch einer Chance zu haben.«

Rana lacht auf. »So habe ich es noch nie betrachtet, aber irgendwie hast du recht. Manchmal fühlt man sich von all der Schönheit und Harmonie irgendwie geblendet.«

Emsie muss zugeben, dass sie Rana immer mehr zu schätzen lernt. Am Anfang hatte sie sie aufgrund ihrer Begeisterung für Tratsch und Mode für oberflächlich gehalten, aber mittlerweile weiß sie, dass Rana, durch ihre Feinfühligkeit und ihren Sinn für Ästhetik, Fähigkeiten besitzt, um die sie Emsie insgeheim beneidet. »Ich glaube, ich werde mich nie an das warme Wetter hier gewöhnen können. Auch wenn ich eher so aussehe, wie jemand, der aus dem Süden von Chrandos stammt, würde ich den Blick auf die schneebedeckten Berge von Zirondiil immer den bunten Auen von Schwarzerden, den hellen Stränden von Tiraná oder der singenden Wüste von Dranzur vorziehen. Der weiße Norden ist meine Heimat. Dort bin ich geboren und aufgewachsen.«

Rana nickt stumm, während sie nachdenklich den Blick über das Tal schweifen lässt.

Gemeinsam reiten sie nach einer Weile weiter. Sie führen ihre Pferde runter von der Anhöhe und schlagen den Weg wieder zurück zu dem Gestüt der Hirschhaus ein.

»Du bist die ganze Zeit schon so still, Emsie. Ist irgendetwas?«

Die Schwertkämpferin seufzt innerlich. *Ich wünschte, ich könnte Rana von Ferran erzählen. Sie können vielleicht mehr aus ihm lesen, als ich es tue. Er ist einfach so verstörend für mich. Ich weiß nicht, ob ich auch nur eine gute Eigenschaft an ihm finden kann. Aber, warum kümmert mich das überhaupt?* Die

Schwertkämpferin schüttelt, unter dem besorgten Blick ihrer adligen Freundin, den dunkelblonden Haarschopf. »Nein, es ist alles in Ordnung ... Ich bin froh, dass du mich eingeladen hast, diesen Ausritt heute zu unternehmen. Ich hatte ein bisschen Abwechslung bitternötig. Für die Vorbereitung zum Turnier übe ich von früh bis spät nichts anderes als den Schwertkampf. Auch wenn ich diesen gegen nichts auf der Welt eintauschen würde, ist es auf die Dauer doch etwas eintönig. Und seit wir in die Stadt des Königs gezogen sind, konnte ich mich noch nicht darum kümmern, mir ein eigenes Reittier zuzulegen. Die Stute, die du für mich ausgesucht hast, ist wirklich wunderbar!« Emsie beugt sich nach vorne und tätschelt dem Pferd den Hals. Der grau gescheckte Schimmel schnaubt als Antwort entspannt.

Rana lächelt zufrieden. »Ich hatte gehofft, dass du das sagst! Ich selbst habe sie für dich ausgesucht. Mein Vater meint immer, als guter Pferdezüchter muss man das Wesen eines Pferdes sofort erkennen und einschätzen können. Genauso wie man es bei den Menschen können sollte. Nur dann kann man wissen, welches Tier am besten zu dem jeweiligen Reiter passt.«

Emsie mustert die Reiterin neben ihr neugierig. »So? Und wie würdest du das Temperament der Stute hier beschrieben?«

Rana spitzt amüsiert die Lippen. »Nun, sie ist verlässlich, hat aber durchaus ihren eigenen Kopf. Du musst aufpassen, dass sie sich nicht übernimmt, oder die Kontrolle an sich reißt. Aber wenn du ihr zeigst, dass du ihr vertrauen verdienst, trägt sie dich überall hin.«

»Du findest mich also stur, ja?« Emsie blickt mit gespielter Empörung zu ihr herüber.

Rana grinst frech. »Oh ja, du bist wirklich ein ziemlicher Dickkopf. Den schlimmsten, den ich je erlebt habe.«

Emsie lacht amüsiert auf, starrt dann aber verlegen auf den Pferdehals vor ihr. »Ich weiß nicht, was ich sagen soll. Ich bin nicht so gut mit Worten, also … Danke, Rana. Ich hätte mir selbst kein besseres Tier aussuchen können.«

Diese nickt ihr, sichtlich erfreut über Emsies Worte, elegant zu. »Keine Ursache, es war mir eine Freude! Und was hältst du davon, wenn wir das Tempo etwas erhöhen? Es ist nicht mehr weit zum Gestüt und ich denke, die Pferde würden sich freuen, sich noch einmal richtig auszutoben zu können.«

Das muss man Emsie nicht zweimal sagen. Sogleich lässt sie ihr Pferd von einem gemütlichen Schritt, in einen schnelleren Trab und schließlich in den Galopp über gehen. So überqueren die beiden Frauen die Strecke zwischen ihnen und den Ställen der Hirschhaus in Windeseile.

Als sie vor dem kleinen Anwesen von Ranas Eltern absitzen und gerade beginnen wollen, die Pferde selbst abzusatteln und zu versorgen, stürmt plötzlich Ranas Vater aus der Hintertür des Hauses heraus. Seine fleischigen Wangen sind vor Aufregung rot angelaufen und sein braunes Wams sieht zerknittert aus, als habe er ihn schnell und in großer Eile angezogen. Emsie bemerkt auch sogleich den Grund für das aufgekratzte Verhalten von Lorenz von Hirschhaus, als sie erkennt, wer hinter Ranas Vater aus dem dunklen Flur nach draußen tritt. Ungläubig zieht Emsie die Stirn kraus. *Was bei den Göttern macht ausgerechnet ER hier?*

»Wie Eure Hoheit sehen könnt, hat man von hier aus einen Blick auf das gesamte Gestüt. Die Ställe und die Koppeln überstrecken sich mittlerweile fast auf das gesamte Areal.« Während der Graf von Hirschhaus stolz sein Anwesen präsentiert, blickt sich Ferran unbeeindruckt und mit gewohnt hochnäsigem Blick auf der Veranda um.

Erschrocken versteckt sich Emsie kurzerhand hinter ihrer Stute. Von hier aus sieht sie, wie Rana eiligst den Stallburschen einen Wink gibt, sich um ihr Pferd zu kümmern, um dem Prinzen höflich ihre Aufwartung zu machen. Als ihr Vater auf sie aufmerksam wird, unterbricht er die Führung durch sein Gut und deutet mit einer ausladenden Handbewegung zu seiner Tochter herüber.

»Darf ich Eurer Hoheit unsere Tochter vorstellen? Sie ist unser einziges Kind und wird einmal das gesamte Gestüt erben. Wir hoffen natürlich für sie weiterhin auf die Unterstützung durch die Krone.«

Ferran blickt sich gelangweilt um und würdigt Rana nicht einmal für einen kurzen Moment seine Aufmerksamkeit. Die Tochter des Gutsbesitzers machte einen anmutigen Knicks und lächelte höflich, wie es sich für eine Frau adligen Standes gehört.

Lorenz nickt Rana daraufhin wohlwollend zu. »Der Prinz ist hier, um sein lahmendes Reittier bei uns behandeln zu lassen und um sich für die Zeit seiner Genesung ein Pferd für die Übergangszeit auszusuchen.«

Emsie kann sehen, wie ihre Freundin überrascht zu dem Königssohn aufsieht. »Aber Prinz Ferran, Ihr hättet dafür doch nicht extra hierherkommen müssen! Wir wären natürlich auch zu Euch in die Festung gekommen, um uns das Pferd selbst einmal anzusehen.«

Erst jetzt blickt Ferran zum ersten Mal zu ihr herüber. »Ich bin hier, weil ich davon überzeugt bin, dass Dornenfürst auf diesem Gestüt am besten versorgt werden kann. Außerdem will ich mir persönlich ein Ersatzpferd aussuchen und das keinem ahnungslosen Knecht überlassen.«

»Pffft ...« Emsie kann in diesem Moment nicht an sich halten und prustet unkontrolliert los. *Dornenfürst? Wer gibt seinem Pferd den solch einen bescheuerten Namen?* Erschrocken von ihrem Ausrutscher, hält sich die Schwertkämpferin schnell die Hand vor den Mund. Aber es ist bereits zu spät.

»Wer ist da noch?« Hört sie den Prinzen verärgert sagen.

Emsie weiß, dass es jetzt keinen Sinn mehr macht, sich zu verstecken und flucht innerlich. Widerwillig tritt sie hinter ihrer Stute hervor und hüstelt verlegen. Auch Emsie verbeugt sich nun vor Ferran.

»Es tut mir leid, Euch nicht früher begrüßt zu haben, aber ich muss mich wohl an einem Pferdehaar verschluckt haben. Und ich weiß, dass jemand wie Ihr, eine Frau von Stand niemals in Verlegenheit bringen würdet, vor Eurer Hoheit einen Hustenanfall zu erleiden.«

Als Emsie aufblickt, sieht sie einen erstaunten Ausdruck auf Ferrans Gesicht aufblitzen, den er aber schnell wieder hinter seiner gewohnten, kühlen Maske versteckt. Eilig stellt Lorenz Hirschhaus die junge Frau vor.

»Das ist Emsie Frost. Sie und meine Tochter sind gerade von einem Ausritt zurückgekehrt. Die Frosts wurden erst kürzlich der Hofgesellschaft in Schwarzerden vorgestellt. Wenn Ihr Euch an die letzte Versammlung der Adelsfamilien erinnert?«

Mit ausdruckslosem Gesicht nickt der Prinz und lässt seinen Blick von Emsie zu der grau gescheckten Stute streifen, die gerade von dem Stallknecht abgesattelt wird. »Ich erinnere mich durchaus.« Er bedenkt seine heimliche Übungspartnerin mit einem finsteren Blick. »Wenn wir uns jetzt wieder dem Wesentlichen zuwenden können? Ich habe nicht den ganzen Tag Zeit.«

Lorenz von Hirschhaus nickt eifrig. »Natürlich! Ich zeige Euch meine besten Pferde, die das Gestüt zu bieten hat. Bitte folgt mir hier entlang.« Als die beiden Männer die Treppe zu den beiden Frauen heruntersteigen und an ihnen vorbeilaufen, senken Emsie und Rana respektvoll den Blick. Wenn auch erstere es erst tut, als sie sieht, wie Ferran irritiert zu ihr herüberblickt. *Warum muss er ausgerechnet zur selben Zeit hier*

auftauchen wie ich? Reicht es nicht, dass ich seinen eingebildeten
Charakter bereits jeden Morgen ertragen muss?

»Was ist denn mit diesem Pferd hier?«

Als Emsie überrascht aufblickt und bemerkt, wie der Königssohn die Stute mustert, die Rana eigentlich für sie ausgesucht hatte, verdüstert sich ihr Gesicht.

»Nun, die Stute gehört sicherlich auch zu den besten Rössern, die wir je gezüchtet haben, aber wir haben noch andere Tier, die dem Geschmack des Prinzen besser entsprechen werden ...« Zögerlich sieht Lorenz zu Prinz Ferran, dann wieder zu der grau gescheckten Stute herüber.

Als Emsie das kalte Grinsen auf dem Gesicht des Prinzen bemerkt, ahnt sie, was die eigentliche Intension des Königssohns ist. *Er will sie nur, um mir eins auszuwischen!*
Verflucht, ich hätte nicht lachen dürfen.

»Es tut mir leid, mein Prinz, aber dieses Pferd habe ich bereits Emsie versprochen, sie ...«

Barsch wird Rana von Ferran unterbrochen. »Ich glaube, hier wird etwas grundsätzlich falsch verstanden. Ich bitte um nichts, junge Hirschhaus, ich fordere, was mir aufgrund meiner Geburt zusteht. Die Stute sieht kräftig und gesund aus. Ich wüsste nicht, was dagegensprechen sollte, dass ich sie nehme. Ihr etwa?«

Als Rana nicht gleich antwortet, springt ihr Vater ihr eilig bei. »Natürlich, Prinz Ferran. Wenn es Euch beliebt, könnt Ihr die Stute haben.«

Emsie kann nicht glauben, was sie da hört. Genervt drängt sie sich zwischen Ferran und ihr Pferd. »Bei allem Respekt, Prinz Ferran, aber Ihr könnt hier jedes andere Pferd auf diesem Gestüt haben, das dieses hier in Schnelligkeit und Eleganz noch übertrifft. Warum muss es unbedingt dieses sein?«

Rana und ihr Vater sehen sich ängstlich an und Emsie wird bewusst, dass sie wieder einmal zu weit gegangen ist.

Das Grinsen auf Ferrans Gesicht wird noch breiter und Emsie schwant übles.

Er sieht zu ihr herab und ihre Blicke treffen sich. Emsie denkt nicht daran, die Augen zu senken. Stattdessen blickt sie ihm herausfordernd entgegen. Eigentlich weiß sie, dass sie gerade mit dem Feuer spielt. Aber Emsie kann nicht anders. Sie hofft nur, dass Ferran sie einfach zu sehr braucht, ums sie ernsthaft bestrafen zu können.

»Es sieht so aus, als würde die junge Frost ihr Pferd nicht kampflos übergeben wollen.« Der Königssohn dreht sich zu Ranas Vater um. »So viel Mut verdient es angemessen entgegenzutreten. Sattelt die schnellsten Pferde, die ihr zu bieten habt, Graf von Hirschhaus. Ich bin in der Stimmung, dieser unerfahrenen Göre zu zeigen, wie man ein Pferd richtig zu reiten hat.«

Ein perplexer Gesichtsausdruck macht sich auf allen Anwesenden, mit Ausnahme des Prinzen breit. Ferran blickt auffordernd zu Lorenz von Hirschhaus herüber, der unter seinem bestimmenden Blick hastig nickt.

Ehe es sich Emsie versieht, sitzt sie auf einem zierlichen schwarzen Hengst und blickt wütend zu Ferran herüber, der auf einem ähnlichen Reittier seine Position neben ihr eingenommen hat. Hinter ihnen stehen die Hirschhaus und fast die Hälfte ihrer Dienerschaft. Emsie sieht zu Rana herüber, die sie besorgt mustert. Dabei sticht der Schwertkämpferin jemand neben ihr ins Auge. *Die hochgewachsene Frau neben Rana muss ihre Mutter sein.* Die ältere Dame trägt eine ähnlich kunstvolle Frisur, wie ihre Tochter es oft tut, und ihr Haar besitzt genau dieselbe, dunkelbraune Farbe. Das gelbe Kleid, das Karin von Hirschhaus trägt, hebt sie von der Gruppe der Anwesenden deutlich ab. Als Emsie sich wieder umdreht, zischt sie Ferran wütend an: »Was, bei allen Göttern, soll das?«

Der Prinz lächelt kühl. »Was denn, junge Frost? Wo ist den dein Sportsgeist geblieben? Ich biete dir die Chance, die Stute unter fairen Voraussetzungen zu gewinnen. Ich würde mich an deiner Stelle nicht beschweren.«

Die Schwertkämpferin schüttelt irritiert den Kopf. »Warum tut Ihr das?«

Er sieht zu ihr und zuckt mit den Achseln. »Mir war gerade danach.«

Emsie glaubt, sich verhört zu haben. Gerade will sie etwas erwidern, als ihr die Stimme von Lorenz von Hirschhaus dazwischenfährt, der seitlich zu ihnen herantritt.

»Die Strecke ist zu Pferd im vollen Galopp ungefähr 12 Minuten lang und führt einmal um das Anwesen herum. Wer als erster wieder durch das Tor des Gestüts kommt, hat gewonnen. Begebt euch nun in Startposition.«

Emsie und Ferran machen sich bereit. Die junge Frau kann spüren, wie der Brustkorb des jungen Hengsts unter ihr vor Vorfreude zu beben beginnt und er anfängt, ungeduldig auf der Stelle zu tänzeln.

Was tue ich hier eigentlich? Ich habe keine Ahnung von Pferderennen. Sie sieht aus dem Augenwinkel herausfordernd zu dem Prinzen herüber. *Aber ich kann ihn nicht gewinnen lassen. Die Stute gehört mir!*

Ranas Vater hebt die Hand zum Himmel. »Auf die Plätze.«

Warum habe immer ich solches Pech?

»Fertig.«

Ach, verflucht noch mal!

»Und LOS!«

Sie preschen beide nach vorne. Emsie merkt, dass sie den jungen Hengst unter ihr nicht einmal ernsthaft antreiben muss, so sehr will das Tier von sich aus zur Höchstform beschleunigen. *Gut, dann kann ich mich besser auf die Strecke konzentrieren.*

Die Landschaft saust an ihr vorbei und Emsie bemerkt, wie sie immer mehr gefallen an der Geschwindigkeit finden. Sie lacht plötzlich auf und fühlt sich wie im Rausch. Emsie sieht zu Ferran herüber, der zu ihrer Überraschung ebenfalls grinst. *Er kann also doch so etwas wie Freude empfinden.* Schießt es ihr durch den Kopf. Doch viel Zeit zum Nachdenken bleibt ihr nicht. Emsie sieht die erste Kurve auf sich zukommen und muss ernsthaft schlucken. *Ich darf sie nicht zu schnell nehmen, sonst breche ich aus. Aber wenn ich zu langsam bin, wird Ferran mich überholen.* Ihr Ängste bestätigen sich, als sie den Hengst zu stark im Tempo drosselt. Der Prinz schafft es, einen knappen Vorsprung zu erlangen. Die Schwertkämpferin flucht laut.

Die Strecke führt sie in den Wald hinein und der Königssohn schafft es seinen Vorsprung weiter auszubauen.

Doch gerade als Emsie ihr Pferd weiter antreiben will, nimmt sie vor Ferran plötzlich eine Bewegung wahr. Etwas großes Braunes schiebt sich in ihr Sichtfeld, direkt auf den mit Tannennadeln gepolsterten Waldweg.

Ferrans Hengst schlägt einen Hacken und schafft es dem Hindernis aus dem Weg zu gehen. Emsie hingegen, hat nicht so viel Glück. Als sie erkennt, um was für eine braune zottelige Masse es sich vor ihr handelt, ist es bereits zu spät.

Der riesige Bär stellt sich bedrohlich auf die Hinterbeine und entblößt sein mit spitzen Zähnen besetztes Maul zu einem bedrohlichen Brüllen. Im selben Moment scheut ihr Pferd, bricht aus und verliert den Halt. Emsie wird zur Seite geschleudert und fällt mit ihrem schwarzen Hengst gemeinsam zu Boden. Ihr Sturz wird durch den weichen Waldboden weitestgehend gebremst, trotzdem zieht sie sich ein paar schmerzhafte Prellungen zu. Für einen kurzen Moment ist sie von dem Shock des Aufpralls gelähmt und das Blut rauscht ihr unnatürlich laut durch die Ohren. Als Emsie dann bemerkt, dass ihr Pferd mittlerweile wieder auf die Beine gekommen ist und gerade einfach ohne sie davonstürmt, rechnet sie ihre Chancen als nicht allzu hoch ein. Schnell rappelt sie sich auf und zieht mutig ihr Schwert, wissend, dass sie dem wilden Tier nicht allzu viel entgegenzusetzen hat. *Was macht ein Bär so weit unten im Tal?*

Das riesige Tier lässt erneut ein warnendes Brüllen ertönen. Emsie fährt es durch ihre gesamten Glieder. *Ohne Pferd wird er ein leichtes Spiel mit mir haben.* Drohend fixiert das Ungetüm sie. Die Schwertkämpferin macht langsam ein paar Schritte nach hinten. Sie verspürt Panik in sich aufkommen. *Ich muss ruhig bleiben, sonst bin ich schon so gut wie tot!*

Ein lang gezogenes Pfeifen zieht auf einmal die Aufmerksamkeit des Bären auf sich. Emsie hört im gleichen Zug das Herangaloppieren eines Pferdes und blickt hoffnungsvoll auf. Sie sieht Ferran heranstürmen, der direkt auf sie und das Ungetüm zuhält. *Er kommt zurück?*

Der Prinz beugt sich tief in seinen Sattel und lässt seinen Arm auf der linken Seite herab. Emsie versteht sofort, was er vorhat. Schnell steckt sie ihr Schwert weg und hebt den Arm an. Ferran reitet zwischen Emsie und den Bären, ohne das Tempo zu drosseln. Im vollen Galopp packt er Emsies ausgestreckten Arm und schwingt sie hinter sich in den Sattel. Gemeinsam preschen sie davon und lassen den Wald und den Bären schnell hinter sich, der glücklicherweise kein Interesse daran zeigt, sie zu verfolgen.

Erst nach einiger Zeit merkt Emsie, wie eng sie die Arme um Ferrans Hüfte geschlungen hat, und lockert schnell, peinlich berührt, ihren Griff. Ihr Herz schlägt vor Aufregung so stark gegen ihre Brust, dass sie sich sicher ist, dass Ferran es gespürt haben muss.

Keiner von beiden spricht ein Wort, bis sie das Anwesen der Hirschhaus erreichen. Dort werden sie bereits sehnsüchtig erwartet. Emsie erkennt ihren eigenen Hengst, der von Rana an den Zügeln gehalten wird. Seine verschwitzten Flanken zittern vor Anstrengung. Die Schwertkämpferin ist froh, das Pferd unverletzt zu sehen.

Ferran lässt sein Reittier direkt vor der Gruppe der Schaulustigen zum Stehen kommen. Sogleich eilen Rana und ihr Vater herbei.

»Bei den Göttern, was ist passiert? Als das Pferd ohne Reiterin zurückkam, haben wir uns unglaubliche Sorgen gemacht.« Rana blickt zu Emsie hoch, die versucht, einen möglichst ruhigen Eindruck zu vermitteln. Aber ihre Freundin lässt sich nicht so schnell täuschen.

»Ist etwas vorgefallen?«

Bevor Emsie antworten kann, erhebt Ferran die Stimme. »Ein Braunbär ist plötzlich vor uns aufgetaucht.«

»Ein Bär? So weit unten im Tal?« Lorenz von Hirschhaus sieht ungläubig zu den beiden Reitern hoch. »Vielleicht muss ihn die Treibjagd aus den nördlichen Bergen herausgetrieben haben ...«

Ferran zuckt mit den Achseln und lässt sich elegant von seinem Hengst gleiten. »Er kam plötzlich aus dem Unterholz gebrochen. Ich konnte noch ausweichen, aber für die junge Frost war es bereits zu spät.«

Wahrscheinlich freut es ihn insgeheim, dass mir das Pferd durchgegangen ist und nicht ihm. Das würde nur zu gut zu ihm passen. Emsie will es dem Prinzen gleich Tun und steigt ebenfalls vom Pferd ab. Doch sie hat die Rechnung nicht mit ihren weichen Knien gemacht, die unter ihrem eigenen Gewicht plötzlich nachgeben. Doch bevor sie zu Boden fallen kann, wird Emsie von jemanden festgehalten.

Ferran hat sie aufgefangen und sieht ihr forschend ins Gesicht.

Emsie gefällt es ganz und gar nicht, vor ihm schwäche zu zeigen. Schnell schüttelt sie seine Hand ab und blickt ihn abweisend an. »Es geht schon wieder. Meine Beine waren wohl noch nicht ganz da.«

Das Gesicht des Königssohns erstarrt zu Eis und die Schwertkämpferin bekommt ein schlechtes Gewissen. Verwirrt von Ferrans Reaktion, lenkt sie ein: »Vielleicht ... sollte ich mich kurz setzen?«

Sofort ist Rana bei ihr und führt Emsie zu einer Bank vor der Veranda.

»Also gibt es keinen Gewinner?« Es ist das erste Mal, dass Emsie die Stimme von Karin von Hirschhaus vernommen hat. Sie weiß sofort, dass nicht sie es ist, von der Rana ihr feines Gespür geerbt hat.

»Mutter, lass Emsie doch erst einmal etwas Zeit sich zu erholen!«

»Nein. Ist schon gut.« Emsie steht langsam wieder auf und sieht zu Ferran herüber, der neben seinem schwarzen Hengst steht. Sie verbeugt sich vor ihm. »Es war Prinz Ferran, der mich vor dem Bären gerettet hat. Er soll die Stute bekommen.«

Rana blickt ihre Freundin überrascht an. »Der Prinz hat dich gerettet?« Sie flüstert die Worte, aber Emsie ist ihr nah genug, um sie zu verstehen.

Die Schwertkämpferin nickt. Die Gruppe, die sich um Emsie geschart hat, drehen sich ehrfürchtig zu dem Königssohn um. Einige Leute beginnen zu klatschen.

Ferran zuckt nur mit den Achseln. Sein Gesichtsausdruck ist so kühl wie eh und je. »Eigentlich will ich die Stute nicht mehr. Der schwarze Tornado hier hat im Angesicht des Bären bewiesen, dass er einen wirklich kühlen Kopf besitzt. Ich werde ihn als Ersatzpferd nehmen, bis Dornenfürst wieder gesund ist.«

Überrascht sieht Emsie zu Ferran herüber, der die weiße Blässe seines neuen Reittiers krault. *Erst wollte er die Stute unbedingt haben und jetzt gibt er sie einfach so auf? Ich wusste es! Er wollte sie nur, weil ich sie hatte ... Aber, wenn ich darüber nachdenke, hätte er sie sich auch einfach nehmen können. Also warum dann das Rennen veranstalten, um mir eine ehrliche Chance auf den Sieg zu geben? Nein, wahrscheinlich war er von sich selbst so überzeugt, dass er mich nicht als Gefahr gesehen hat.* Emsie fällt Ferrans begeistertes Lachen ein, als er mit seinem Pferd über die Wiese galoppiert ist. *Oder ... vielleicht wollte er auch einfach nur etwas Spaß haben ... Und das auf meine Kosten. Er hätte mich auch einfach fragen können, ob ich ... Ach, ich verstehe ihn einfach nicht!*

Etwas später, als sich die ganze Aufregung wieder gelegt hat, sitzen Emsie und Rana bei einer Tasse Tee im Garten. Überall wachsen Rosensträucher mit roten und weißen Blüten und verströmen einen angenehmen, süßlichen Duft. Die beiden Frauen haben sich unter einer kleinen Gartenlaube zurückgezogen.

»Es tut mir so leid, Emsie.«

Die Schwertkämpferin sieht überrascht zu ihrer Freundin herüber, die mittlerweile im Gegensatz zu Emsie ihre Reituniform gegen ein violettes dünnes Kleid mit Rüschen getauscht hat. »Warum entschuldigst du dich denn? Du konntest doch nicht dafür.«

Rana starrt betrübt auf ihre mittlerweile leere Tasse. »Hätte ich gewusst, dass der Prinz heute kommen würde, hätte ich es vielleicht schaffen können, dass ihr euch nicht begegnet. Er scheint immer noch nicht besonders gut auf dich zu sprechen sein, Emsie.«

Die junge Frau winkte lachend ab. »So, wie ich Ferran einschätze, ist er einfach ohne Vorankündigung hier aufgetaucht. Wie hättest du das voraussehen können? Mach dir keine Gedanken, es ist ja alles noch einmal gut gegangen. Bis vielleicht auf die paar blauen Flecken, die ich abbekommen habe.« Emsie richtet sich langsam auf und ihre Freundin tut es ihr gleich.

»Du gehst schon? Nein, wie unaufmerksam von mir! Natürlich willst du dich zu Hause von den heutigen Strapazen erholen.«

Rana scheint das Ganze mehr mitzunehmen, als ich dachte. Sie ist wirklich nett. Deutlich netter als ich es bin. Emsie muss grinsen. »Ich fand es wirklich sehr schön hier, Rana. Wir sollten das bei nächster Gelegenheit wiederholen. Aber vielleicht dann möglichst ohne eine solch königliche Überraschung.«

Als sie sieht, dass die Frau im violetten Kleid ihr Grinsen erwidert, macht Emsie einen ironischen übertriebenen Knicks vor ihr.

Gemeinsam laufen die beiden zu den Ställen neben dem Anwesen herüber. Auf dem Weg dorthin bemerkt Emsie, wie Rana zögert und ihr Tempo verlangsamt.

»Was ist los?« Sie sieht fragend zu ihrer Freundin herüber.

»Um ehrlich zu sein, wäre es mir lieber, wenn du die Kutsche nimmst. Nach so einem Sturz allein nach Hause zu reiten, halte ich für zu gefährlich!«

»Es freut mich, dass du dich so um mich sorgst, aber mehr als ein paar blaue Flecke habe ich wirklich nicht abbekommen. Ich kann durchaus selbst nach Hause reiten.«

Vertieft in ihr Gespräch bemerken sie nicht die Kutsche des Königs, die noch immer vor dem Gestüt der Hirschhaus steht. Ferran ist gerade dabei, in das blaue, mit goldenen Ranken verzierte Gefährt einzusteigen, während ihm sein Diener die Tür aufhält. Als er auf die beiden Frauen aufmerksam wird, zögert er und dreht sich um.

»Nein wirklich, ich bestehe darauf! Es dauert auch nicht lange, bis die Stallknechte die Pferde vor die Kutsche gespannt haben. So lange trinken wir einfach noch eine Tasse Tee im Garten.«

Emsie schüttelt leicht den Kopf. »Das kurze Stück? Nein, ich kann wirklich selbst reiten. Wegen den paar Schrammen falle ich schon nicht vom Pferd.«

Rana möchte etwas erwidern, hält aber plötzlich inne. Emsie folgt ihrem verwirrten Blick und sieht plötzlich die königliche Kutsche und Prinz Ferran vor sich stehen. Eiligst verbeugen sich die beiden Frauen. Rana ergreift zuerst wieder das Wort.

»Prinz Ferran! Ich dachte, Ihr hättet uns bereits verlassen. Verzeiht, dass wir Euch nicht eher bemerkt haben!«

Emsie spürt den Blick des Prinzen auf sich ruhen und sieht schweigend zu Boden. *Was mach er noch hier? Ich dachte, er wäre nach dem Rennen gleich aufgebrochen?*

Sie beobachtet ihn heimlich unter gesenkten Liedern. Ferrans nach hinten gekämmtes, schwarzes Haar hat sich etwas gelöst und eine Strähne fällt ihm davon in das makellose, helle Gesicht. *Wie kann jemand gleichzeitig so gut aussehen, aber einen so schlechten Charakter besitzen?* Die Stimme des Prinzen schreckt Emsie plötzlich aus ihren Gedanken auf. Entschuldigend sieht sie zu ihm herüber.

»Bitte, was habt Ihr gesagt, Prinz Ferran?«

Der Königssohn starrt sie kurz genervt an, dann räuspert er sich, um erneut anzusetzen.

»Ich sagte, die junge Frost kann bei mir mitfahren. Sie soll ihre Stute neben meinen Hengst hinten an die Kutsche binden.« Mit diesen Worten steigt er ein, ohne eine Antwort abzuwarten. Emsie und Rana sehen sich überrascht an.

»Ist das in Ordnung für dich?« Rana sieht besorgt zu ihr herüber.

Anscheinend traut sie Ferran nicht ... Natürlich weiß Rana nicht, dass ich so lange sicher bin, bis er mich als Übungspartner nicht mehr braucht. Trotzdem sollte ich mich nicht schon wieder gegen ihn auflehnen. So sehr braucht er mich auch wieder nicht.

»Ich glaube nicht, dass ich eine Wahl habe.« Emsie zuckt mit den Schultern und verabschiedet sich mit einem Knicks von Rana. *Warum tut er das? Sicherlich nicht, weil er sich ernsthaft Sorgen um mich macht. Wahrscheinlich will er mir einfach seine Macht über mich demonstrieren. Wenn er denkt, ich würde mich vor ihm fürchten, hat er sich geschnitten!*

Trotzdem ist Emsie etwas mulmig zu Mute, als sie wenig später in die prunkvolle Kutsche einsteigt. Drinnen ist es dunkel und sie braucht einen Moment, um sich an die veränderten Lichtverhältnisse zu gewöhnen. Langsam erkennt sie die aus einem weißen Stoff gefertigten Sitzpolster, die mit feinen Goldfäden bestickt worden sind. Emsie setzt sich Ferran gegenüber, der dabei stur aus dem Fenster sieht und sie keines Blickes würdigt. Als die Tür zugeschlagen wird und sie mit Ferran allein ist, fragt Emsie sich, ob sie nicht doch lieber selbst hätte reiten sollen. Die ungewohnte Nähe in solch einem kleinen Raum macht die Schwertkämpferin nervös. Sie hört den Kutscher mit der Zunge schnalzen und spürte den Ruck, als die Pferde sich in Bewegung setzen. Die Stille, die dann während der Fahrt zwischen ihnen herrscht, wird für Emsie bald unerträglich.

»Ihr ... habt mich heute gerettet, Prinz Ferran. Was auch immer Eure Beweggründe dafür waren, ich muss das Versäumnis nachholen, Euch meinen Dank aussprechen.«

Er sieht zu ihr herüber, das Kinn leicht auf die Hand gestützt, während der Ellenbogen auf dem kleinen Fenstersims ruht.

»Das klingt ja so, als hättest du gedacht, ich würde wie ein Feigling einfach davonrennen?«

Nachdenklich betrachtet sie ihn für einen Moment, dann schüttelt sie entschieden den Kopf. »Nein … eher hatte ich gedacht, Ihr kommt zurück, um zuzusehen, wie ich von dem Bären zerfleischt werden würde.«

Ferran lacht zynisch auf. »Das wäre sicher unterhaltsam gewesen. Aber ich hätte deine Chance gegen den Bären nicht so schlecht eingeschätzt, junge Frost, wie du es vielleicht tust. Hast du noch weitere Theorien?«

Sie sieht irritiert zu Boden. »Nun, womöglich habt Ihr mich gerettet, weil Euch bewusst geworden ist, dass Ihr mich noch braucht. Sonst hättet Ihr niemanden, der mit Euch die linke Schwerthand trainiert.« Ihr Blick fällt auf Ferrans rechten Arm, der unter den Ärmeln seines grauen Hemds verborgen ist. Wie die linke, steckt auch die rechte Hand in einem schwarzen Handschuh. »Oder Euch hilft, den Fluch loszuwerden, der Euch befallen hat.«

Die Augen des Prinzen verengen sich warnend. »Vielleicht. Eine der vielen möglichen Beweggründe meiner Tat. Suche dir etwas davon aus.«

Ein Moment der Stille entsteht. Emsie seufzt und lässt sich nach hinten in die weiche Polsterung der Kutsche sinken. Jetzt ist es Ferran, der irritiert zu ihr blickt.

»Was?«

Die junge Frau schüttelt den Kopf und blickt durch das kleine Fenster nach draußen. »Ihr macht es mir wirklich schwer, Euch kennenzulernen, Prinz Ferran. Ich versuche, Erklärungen für Eure Taten zu finden, aber es gelingt mir einfach nicht. Das irritiert mich. Ihr senkt niemals Eure Mauer, gebt Euch nie eine Blöße. Ihr reizt Eure Macht als Sohn des Königs immer wieder aus und wirkt gleichzeitig dabei, als wärt Ihr lieber am anderen Ende der Welt als hier. Ich verstehe Euch nicht, so sehr ich es auch versuche.«

Als sie wieder zu dem Prinzen herübersieht, ist sie überrascht von dem verletzten und sogleich verbitterten Ausdruck in seinen Augen.

»Weil du nach etwas suchst, das es schon längst nicht mehr existiert. Die Mauer, von der du sprichst, umgibt nur noch eine leere Hülle. Es lohnt sich nicht, seine Zeit damit zu verschwänden. Ich tue es schon längst nicht mehr.« Er lässt den Blick wieder nach draußen schweifen. »Ich weiß nicht, warum ich dir das überhaupt erzähle.«

Auf einmal spürt Emsie weder Wut noch Verachtung, sondern Mitgefühl in sich aufsteigen. »Prinz Ferran, ich ...«

Plötzlich geht ein Ruck durch die Kutsche, die auf einen Schlag grob zum Stehen kommt. Emsie wird von dem abrupten Halt überrascht und nach vorne geschleudert. Als sie die Augen wieder öffnet, sieht sie sich wenige Zentimeter von Ferrans Gesicht entfernt. Erschrocken weicht sie zurück. Röte schießt in ihre Wangen, und sie traut sich eine Weile nicht, dem Prinzen ins Gesicht zu sehen. Währenddessen hat sich die Kutsche wieder in Bewegung gesetzt und Emsie fragt sich nervös, warum sie überhaupt so plötzlich zum Stehen gekommen sind. Sie sieht aus dem Fenster und bemerkt, dass sie sich bereits vor dem großen Tor zur Burg befinden.

»Wir haben den dritten Stadtring bereist hinter uns gelassen? Ich dachte ...«

Der Königssohn fällt ihr ins Wort. »Ich kann dich unmöglich vor deinem Haus absetzen, junge Frost. Nicht vor den Augen der gesamten Stadt. Übrigens brauchst du morgen nicht auf der Lichtung zu erscheinen. Wir machen erst übermorgen mit dem Training weiter.«

Überrascht zögert Emsie. »Wenn es um meine Verletzungen geht ... Die paar Schrammen machen mir nichts aus. Ich kann durchaus kämpfen.«

Ferran winkt genervt ab. »Wenn du nicht voll einsatzfähig bist, macht es keinen Sinn für mich. Sonst weiß ich nicht, ob es an meinen Fortschritten oder an deiner Verletzung liegt, falls ich gewinne.«

Meint er das erst? Oder will er vielleicht einfach nur nett sein und mir etwas Zeit geben, mich von dem heutigen Tag zu erholen? Nein, bestimmt nicht …

Die Kutsche hält auf dem Innenhof der Burg und die Tür wird geöffnet.

»Geh jetzt, Emsie.«

Die Art, wie er es sagt, lässt die Schwertkämpferin zögern. Sie sieht überrascht zu ihm herüber. *Er hat mich bei meinem Namen angesprochen! Wie merkwürdig sich das anfühlt … Für* einen kurzen Moment hat sie das Gefühl, dass er eigentlich gar nicht will, dass sie geht. Und sie selbst? *Warum sollte ich bleiben wollen? Sicherlich nicht wegen der guten Gesellschaft. Aber … Er hat mir heute wahrscheinlich das Leben gerettet. Das sollte ich ihm unrechnen.* Schließlich nickt Emsie ihm zum Abschied knapp zu und steigt hinaus in die Abendsonne. Der Kutscher übergibt ihr die Zügel ihrer Stute, schließt die Tür und fährt die Kutsche durch ein weiteres Tor in einen hinteren Teil der Burg. Emsie sieht ihr hinterher und streicht dabei gedankenverloren über den langen Hals ihrer neuen Gefährtin. *Ich glaube nicht, dass Ferran einfach nur ein Monster ist. Er will nur so wirken, damit keiner merkt, wie unglaublich unglücklich er ist. Komisch, er kann doch alles haben, was er will …* Dann fallen ihr wieder die unzähligen Narben auf seinem Körper ein. *Ob das etwas damit zu tun hat, dass seinem Vater ihn misshandelt? Ist er deswegen so?* Als die Stute laut schnaubt, wird Emsie aus ihren Gedanken gerissen.

»Tut mir leid, du bist bestimmt genauso erschöpft wie ich. Lass mich dir dein neues zu Hause zeigen. Hoffentlich fällt mir bald ein passender Name für dich ein … Zumindest wird er besserer sein als ‚Dornenfürst', das kann ich dir schon mal versprechen.«

Sie fasst die Zügel der Stute und führt sie aus dem großen Burgtor, hinunter in die Stadt. Die Abendsonne wärmt dabei solange ihr Gesicht, bis sie langsam hinter den Dächern der Häuser verschwindet.

KAPITEL 7

Als sie sich am Morgen des zweiten Tages nach dem Bärenangriff treffen, wirkt der Prinz so kühl und distanziert wie immer. Er verliert kein weiteres Wort über den Vorfall und fragt nicht einmal, wie es Emsie körperlich geht. Aber eigentlich hat sie das auch nicht erwartet. Als sie zwischen den Übungen seinen ablehnenden Gesichtsausdruck betrachtet, ist sie sich nicht mehr so sicher, ob sie sich Ferrans menschliche Gefühlswelt damals, bei ihrem Gespräch in der Kutsche, vielleicht einfach nur eingebildet hatte.

Die nächsten Trainingstage bringt Emsie ohne großartige Vorkommnisse hinter sich. Nichtsdestotrotz macht der Prinz stetig Fortschritte und auch Emsie profitiert von dessen Übungseifer. Als sie sich schließlich das letzte Mal am Vortag des Turniers für einen Übungskampf gegenüberstehen, wird sie fast schon etwas wehmütig. *Kann es sein, dass ich ihn vermissen werde? Nein, das ist doch Blödsinn ... Wieso sollte ich?*

Emsie atmet entspannt die kühle Morgenluft ein und beginnt ihre Muskeln aufzuwärmen. Ferran tut es ihr gleich und als sie beide sich einigermaßen gedehnt haben, fangen sie mit ein paar einfachen Schlag- und Stichtechniken an.

Während des Trainings fällt Emsie auf, dass sich der Prinz etwas anders bewegt als sonst. *Er wirkt schwerfälliger,* schießt es ihr durch den Kopf. Sie schielt auf den rechten Arm des jungen Mannes und hält plötzlich mitten im Kampf inne, als ihr ein Gedanke kommt. Ferran versetzt ihr daraufhin einen fiesen Schlag gegen die rechte Schulter.

»Autsch!« Sie reibt sich die betreffende Stelle.

»Punkt für mich!« Zu ihrer Überraschung grinst der Prinz breit.

»Glückstreffer …«, murmelt die junge Frau verlegen. Sie lässt das Schwert fallen. »Ich glaube, ich brauche eine Pause.«

Als die beiden im Gras sitzen und sich ausruhen, nimmt Emsie ihren Mut zusammen. »Ihr bewegt euch anders als sonst, Prinz. Liegt das an dem Fluch?«

Ferran will sich gerade die Wasserflasche an den Mund setzen, hält dann aber mitten in der Bewegung inne. »Es ist das Gewicht. Mein Arm sieht nicht nur so aus wie versteinert, er ist auch dementsprechend schwer.«

Die junge Frau zieht scharf die Luft ein. »Ist euer gesamter rechter Arm mittlerweile befallen?«

Der schwarzhaarige Mann nickt. »Es wird immer schwieriger, es zu verbergen.«

»Kandell ist so gut wie fertig. Er wird es rechtzeitig schaffen, da bin ich mir sicher.«

Als Emsies Blick auf die gläserne Wasserflasche in seiner linken Hand fällt, stutzt sie auf einmal. »Hey, ist das nicht meine?«

Ferran zuckte mit den Schultern. »Genau genommen gehört alles, was du besitzt mir. Also auch das Wasser in der Flasche. Und meins ist nun einmal schon leer.«

Die junge Frau streckt genervt die Hand nach vorne und versucht sie ihm abzunehmen. Aber der Prinz ist schneller. Sie greift nur ins Leere.

»Das ist mein Wasser! Also her damit!«

Um sie zu ärgern, trinkt er demonstrativ einen Schluck, während er die Schwertkämpferin mit seinem versteinerten Arm auf Abstand hält.

Emsie greift erneut danach und diesmal bekommt sie die Flasche auch zu fassen. Die junge Frau lacht triumphierend auf.

Der Prinz denkt jedoch nicht daran, ihr das Wasser so einfach zu überlassen. Sie beginnen zu rangeln. Dabei verschüttet Ferran versehentlich Wasser über sie. Er lacht schadenfroh auf, doch verliert dabei das Gleichgewicht.

Zusammen fallen sie in das weiche Gras und Emsie liegt plötzlich auf dem Prinzen. Wasser tropft von ihrer Stirn und fällt ihm ins Gesicht. Ihr Herz klopft unnatürlich laut gegen ihre Brust. Ferran starrt Emsie mit seinen blauen Augen durchdringend an. Irgendetwas hat sich darin verändert. In der Art, wie er sie ansieht. Ihre Gesichter sind so nah beieinander, dass sie den Atem des Prinzen auf ihrer Wange spüren kann. Emsies Gedanken schweifen zu dem Vorfall in der Kutsche, als sie ihm ähnlich nah war wie jetzt gerade. Sie weiß nicht warum, aber irgendetwas in ihr will diesmal nicht zurückweichen. Im Gegenteil, es will sogar, dass sie seinen Lippen noch näherkommt.

»Du bist schwer.«

Emsie blinzelt überrascht, dann richtet sie sich hektisch auf. Ihr Blick streift dabei die nun fast leere Wasserflasche. Schnell greift sie danach.

»Ich gehe zum Fluss und fülle sie besser wieder auf.« Ohne eine Antwort abzuwarten, dreht sie sich um und läuft eilig davon. Eigentlich ist es nur eine Ausrede, das weiß Emsie. Sie will bloß verhindern, dass Ferran ihr Gesicht sehen kann. Ihre roten Wangen fühlen sich ganz heiß an. *Was tue ich hier eigentlich?* Emsie spürt seinen Blick in ihrem Nacken, bis sie vom Schatten des Waldes verschluckt wird.

Nachdem die Schwertkämpferin mit deutlich kühlerem Kopf wieder zurückgekehrt ist, üben sie weiter, als wäre nichts geschehen. Und als Ferran nach einer Weile beschließt, heute früher aufzuhören also sonst, ist Emsie das mehr als recht. Ihr fällt es schwer, sich richtig auf den Kampf zu konzentrieren und zwingt sich, an etwas anderes zu denken.

»Morgen beginnt endlich das Turnier! Ich freue mich schon, gegen die Schwertkämpfer von Schwarzerden und den angrenzenden Ländereien anzutreten. Wer weiß, vielleicht fällt das Los auch auf uns beide?« Sie sieht Ferran herausfordernd an, der sie daraufhin abschätzig mustert.

»Willst du damit sagen, du kämpfst auch mit?«

Emsie verengt leicht genervt ihre braunen Augen. »Natürlich, warum sollte ich nicht? Beim Turnier sind wir alle gleich, unabhängig unseres Adelsstands. Wie kann ich mir so eine Gelegenheit entgehen lassen?«

»Wenn du denkst, ich würde mich dir gegenüber zurückhalten, hast du dich geschnitten! Ich werde dich behandeln, wie jeden anderen Kämpfer auch.«

Sie sieht ihn überrascht an. »Aber das ist genau das, was ich will! Geben wir beide Morgen unser Bestes!« Emsie streckte Ferran auffordernd die Hand entgegen.

Als der Prinz keine Anstalten macht, einzuschlagen, lässt sie sie genervt wieder sinken.

Für einen kurzen Moment stehen sich die beiden schweigend gegenüber. Schließlich seufzt Emsie genervt und macht sich daran, sich ihr eigenes Schwert, wieder um die Hüfte zu binden. »Mein Bruder macht heute die letzten Tests. Morgen wird er Euch so früh wie möglich den Trank vorbeibringen. Er hat die letzten Tage unermüdlich daran gearbeitet.«

»Danke.«

Die junge Frau sieht perplex auf. Prinz Ferran starrt stur zu Boden.

»Was gabt Ihr gesagt?«

»Du hast mich schon verstanden.« Er blickt genervt und sogleich peinlich berührt zu ihr auf. Emsie muss darüber amüsiert grinsen. *Er kann also doch nett sein. Auch wenn es ihm anscheinend unglaublich unangenehm ist.*

Als er Emsies Gesichtsausdruck bemerkt, zieht er seine schwarzen Augenbrauen noch stärker zusammen »Was gibt es da zu lachen?«

Plötzlich ist das Traben schwerer Hufe zu hören. Fast gleichzeitig lassen sich die beiden in das hohe Gras fallen, um nicht entdeckt zu werden. Zwischen den Bäumen tauchen auf einmal mehrere Reiter auf, die zügig den angrenzenden Waldpfad entlangreiten.

»Was machen die hier?«, flüstert Emsie.

Ferran sieht tadelnd zu ihr herüber. »Was wohl? Das sind Teilnehmer des Turniers! Ich sollte mich beeilen, nach Hause zu kommen. Vater will sicher, dass die gesamte Königsfamilie die anreisenden Adelsfamilien begrüßt.« Als auch der letzte Reiter an ihnen vorübergezogen ist, richtet sich der Prinz auf und klopft sich hastig den Staub von der Kleidung.

Die junge Frau beobachtet nachdenklich, wie der Königssohn eilig seine Sachen packt. Als er sich ohne Abschied zum Gehen wendet, ruft sie ihm noch schnell hinterher: »Viel Glück, Prinz Ferran. Möge die bessere Schwertkämpferin gewinnen!«

Er dreht sich mit grimmigem Lächeln zu ihr um. »Glück brauche ich nicht, das ist etwas für Leute, die sonst keine Fähigkeiten besitzen.« Ferran verschwindet hinter den Stämmen massiver Laubbäume, durch deren rote Blätter der Feuerhain zu seinem Namen kam. Emsie sieht noch eine Weile in die Richtung, in der der Prinz verschwunden ist und fragt sich, ob sie nicht gerade wieder dabei ist, etwas unglaublich Dummes zu tun.

Der Turnierplatz ist überfüllt mit Menschen. Schausteller unterhalten die Leute mit ihren akrobatischen Verrenkungen und Händler bieten ihre Waren lautstark zum Kauf feil. Von den unzähligen Essensständen weht abwechselnd ein würziger oder süßer Duft zu Emsie herüber. Kinder rennen wild kreischend umher, bewaffnet mit Stöcken und selbst gebastelten, kleinen Schilden.

Die junge Frau und ihre Mutter, beide zu diesem Anlass in leichter Rüstung, laufen zwischen den Ständen, zum Kampfplatz herüber. Eine Vielzahl von jungen Männern hat sich dort bereits versammelt.

Emsie nestelt nervös an ihrem Schwertgurt herum. Ihre Gedanken driften immer wieder zu dem Traum herüber, den sie letzte Nacht gehabt hatte. In diesem liegen sie und Ferran zusammen im Gras. Genauer gesagt, liegt Emsie auf dem Prinzen und beginnt plötzlich, ihn zu küssen. *Wenn es wenigstens dabeigeblieben wäre,* denkt die Schwertkämpferin und röte steigt in ihre Wangen. *Warum träume ich so etwas. Ich kann ihn doch nicht einmal ausstehen …*

»Bist du aufgeregt, Emsie?«

Die junge Frau schreckt aus ihren Gedanken auf und sieht entschuldigend zu Ida herüber. »Etwas. Aber das wird schon.« Sie lässt ihren Blick über die Gruppe der Turnierkämpfer schweifen. *Sieht so aus, als wäre ich die einzige Frau unter ihnen …*

Ida folgt dem Blick ihrer Tochter. »Denk daran, Emsie, sie sind vielleicht stärker als du, aber sicherlich nicht schneller. Lass sie sich erst verausgaben, dann hast du leichtes Spiel mit ihnen.«

Emsie nickt geistesabwesend. »Wo ist eigentlich Kandell? Ist er mit Vater schon vorgegangen, um sich einen guten Platz zu sichern?«

»Nicht, dass ich wüsste. Ich habe ihn seit heute Morgen nicht mehr gesehen. Er scheint an irgendeinem Forschungsprojekt zu arbeiten, dass ihn unglaublich beansprucht. In den letzten Tagen habe ich ihn kaum zu Gesicht bekommen. Aber wenigstens sagt er Bescheid und stiehlt sich nicht einfach morgens klammheimlich aus dem Haus.«

Die junge Frau schreckt plötzlich auf. »Du wusstest es?«

Ihre Mutter nickt. »Ich habe gesehen, wie du dich mit dem Schwert in der Hand und in deiner Trainingskleidung davongeschlichen hast. Du bist mir sehr ähnlich, weißt du? Auch wenn du vielleicht rein äußerlich mehr nach deinem Vater kommst. Aber du hättest mir ruhig sagen können, dass du zusätzlich trainieren willst. Ich hätte sicherlich einen geeigneten Trainingspartner für dich finden können, der mich ersetzt.«

Das schlechte Gewissen regt sich in Emsie. »Tut mir leid, Mutter. Aber ich wollte es allein schaffen und ...«

»Schon gut, ich verstehe dich. Aber Erfahrung mit anderen Kämpfern ist wichtig, Emsie. Vergiss das nicht.«

Die Schwertkämpferin nickt. *Ich hasse es, Mutter anlügen zu müssen ... Aber wo bei den Göttern bleibt Kandell? Prinz Ferran wird vermutlich schon vor Wut an die Decke gehen!*

Emsie und ihre Mutter treten näher an den Registrierstand für die Turnierkämpfer heran. Eine Menschenschlange hat sich vor einem breiten Holztisch gebildet, auf dem sich die Kiste mit den Losen befindet. Ein Teilnehmer nach dem anderen zieht dort eine weiße Kugel hervor, auf der eine rote Zahl abgebildet ist. Emsie ist eine der Letzten, die ein Los ziehen darf. Aufgeregt greift sie mit der Hand durch das Loch in der Oberseite und greift sich die erste Kugel, die sie berührt. Dann zieht sie den Arm wieder heraus und zeigt das Ergebnis der Frau hinter dem Stand. Emsie hat die Nummer 3 gezogen. Sogleich wird ihr Name auf der großen Tafel im Hintergrund eingetragen. Neugierig betrachtet die junge Frau die vielen Namen der anderen Kämpfer. Dabei sieht sie, dass die Ziehungen der Prinzen bereits vermerkt worden sind.

Wahrscheinlich sind sie die Ersten gewesen, die eine Nummer ziehen durften. Königliches Privileg.

Es sind insgesamt sechzehn Personen, die am Schwertkampfturnier teilnehmen. Emsies Name wird von der Turnieraufsicht unter die Nummer 3 eingetragen. Ihr erster Gegner ist somit Towin von Eckelstein. Der Name sagt ihr nichts, genauso wie die der meisten anderen. Edwin, Ferrans Bruder, hat die Nummer acht gezogen. *Er ist in der gleichen Gruppe wie ich gelandet! Soviel ich weiß, wird bei dem Turnier nach dem Prinzip der Einzelausscheidung entschieden. Der Gewinner steigt eine Stufe auf, während der Verlierer ausscheidet. Die Gewinner aus beiden Gruppen werden im Finale gegeneinander antreten. Es sind also höchsten vier Begegnungen möglich. Gegen Ferran werde ich also höchstens im Finale kämpfen.* Sie atmet erleichtert aus.

»Emsie?«

»Was? Ähm ich meine: ja, Mutter?«

»Ich geselle mich zu deinem Vater. Pass gut auf dich auf und achte auf deine Beinarbeit.« Sie setzt ihrer Tochter grinsend den Helm auf den Kopf.

»Wird schon irgendwie werden. Ich hoffe, nur nicht gleich in der ersten Runde rauszufliegen.«

Nachdem sie sich von ihrer Mutter verabschiedet hat, begibt sich Emsie auf die Suche nach Kandell, der sich eigentlich noch vor dem Turnierstart mit ihr hier treffen wollte, um mit ihr gemeinsam Prinz Ferran den Trank zu überreichen. Doch stattdessen läuft sie den beiden Speichelleckern des Königssohns, deren Namen sie vergessen hat, direkt in die Arme.

»Wen haben wir denn da? Wenn das nicht die kleine Frost ist! Willst du etwa auch an dem Turnier teilnehmen?« Der Dickere der beiden betrachtet sie abschätzig, während der mit der Knollennase sie nur fies angrinst.

»Du denkst ernsthaft, du hast eine Chance gegen die anderen? Vergiss es!«

Emsie zieht verärgert die Augenbrauen zusammen. »Das geht euch überhaupt nichts an! Und wenn ihr eine Kostprobe meiner Fähigkeit wollt, könnt ihr die gerne bekommen.«

Der Beleibtere der beiden verzieht anstößig den Mund. »Aber gerne doch, wie wäre es gleich hier, hinter dem nächsten Gebüsch?«

Wut schießt durch Emsies Wangen. »Wie könnt ihr es wagen! Ihr verdammten ...«

Plötzlich taucht Prinz Ferran hinter den beiden auf.

»Willam, Daris! Verzieht euch. Ich muss mit der Göre allein sprechen.«

Die beiden Gestalten springen überrascht zur Seite und verbeugen sich eiligst vor dem Prinzen.

»Aber Prinz Ferran, sie ...«, der junge Mann mit der Knollennase sieht feindselig zu der Schwertkämpferin herüber.

»Zwingt mich nicht, mich zu wiederholen!«

Willam und Daris sehen sich für einen kurzen Moment unschlüssig an, dann zucken sie mit den Achseln und gehen eilig davon.

Emsie entgehen die fiesen Blicke nicht, mit denen die Speichellecker des Königssohns sie heimlich durchbohren. *Sieht so aus, als würde ich mir gerade keine Freunde machen.* Ihr Blick schweift wieder zu dem jungen Prinzen herüber. Die Rüstung, die er trägt, passt gut zu seiner schlanken Gestalt. Seitlich an seiner Hüfte hängt Ferrans protziges Schwert und er trägt seinen Helm unter dem linken Arm geklemmt. Seine Hände stecken in mit Nieten besetzten Handschuhen. Er fasste sie grob an der Schulter und zieht sie zur Seite, in eine etwas ruhigere Ecke. Emsie streift genervt seine Hand fort. »Ich wäre auch allein mit ihnen fertig geworden!«

Ferran schüttelt ungeduldig den Kopf. »Darum geht es jetzt nicht! Wo bleibt dein Bruder? Es ist nicht mehr viel Zeit bis zum Turnier!«

»Ich weiß es nicht. Wir wollten uns eigentlich hier treffen und ...«

Der Prinz flucht. »Was glaubts du, wie hoch meine Chancen stehen, wenn ich mit dem Gewicht, das ich mit mir herumtrage, in den Kampf ziehe? Da ist es völlig egal, ob ich mit links noch so gut kämpfen kann, wenn ich so agil wie ein Baumstamm bin!«

»Ich weiß, Prinz. Aber wie ich gesehen habe, seid Ihr erst der siebte, der kämpft. Uns bleibt also noch etwas Zeit.«

Die Fanfaren erschallen im Hintergrund und geben das Signal zum Turnierbeginn an.

»Ich hoffe, dass deinem Bruder bewusst ist, was hier auf dem Spiel steht.« Er dreht sich um und läuft mit herrischen Schritten in Richtung Kampfplatz, wo die anderen Teilnehmer sich gerade versammeln.

Emsie zuckt verwirrt mit den Schultern und folgt den Prinzen, der sich wie die anderen Kämpfer seiner Nummerierung entsprechend vor dem Eingang aufstellt. Es ist Etikette, dass sich alle Teilnehmer zu Beginn des Wettkampfs dem Publikum stellen. Sie betreten die Arena durch einen breiten Durchgang. Emsie entdeckt ihren Vater und ihre Mutter, die ihr vom hinteren Teil der Tribüne aus ermunternd zuwinken.

Die Schreie der Masse verstummen, als der König auf seinem Balkon auftaucht und sich auf den eigens für ihn aufgestellten Thron setzt.

Ihren Helm in der Hand haltend, beobachtet die junge Frau, wie König Sigur die Fackel entzündet. Ein Symbol für den Beginn der Festivitäten. Die Menge bricht erneut in Jubel aus und die Teilnehmer des Schwertkampfturniers verbeugen sich vor seiner Majestät. Mit einer gelangweilten Handbewegung gibt dieser das Zeichen zur Auflösung. Emsie und die anderen begeben sich in einen Vorraum der Arena, während die beiden ersten Kämpfer zurückbleiben. Die junge Frau erkennt Ferran und Edwin, wie sie beide von Dienern aus dem Raum geführt werden. Emsie flucht leise. *Natürlich nehmen die Prinzen neben ihrem Vater Platz. Wie zum Teufel soll Kandell ihm jetzt unauffällig den Trank geben? Wo bleibt er überhaupt?* Beunruhigt beobachtet die junge Frau die beiden ersten Kämpfer, die bereits mitten in einem dramatischen Schlagabtausch stecken. Viel schneller, als es Emsie lieb ist, ist der erste Kampf auch schon zu Ende.

»Hey, Mädel! Du bist dran!«

Die Schwertkämpferin stülpt sich ihren Helm über und nickt dem Arenaleiter gefasst zu. Vor lauter Gedanken um Prinz Ferran und den Trank, hat sie überhaupt keine Gedanken an ihren eigenen Kampf verschwendet. Doch jetzt wird sie doch etwas nervös. Sie atmet tief ein, zieht ihr Schwert und läuft mit hastigen Schritten in die Mitte des riesigen Platzes. Die Leute jubeln, und Emsie sieht, wie auf der gegenüberliegenden Seite ihr Gegner ebenfalls in die Arena einläuft. Sie schluckt schwer.

Der Mann vor ihr ist fast genauso hoch wie breit. Seine silberne Rüstung leuchtet so stark in der Sonne, dass es ihr in den Augen brennt. Das Wappen auf seinem Oberkörper zeigt einen Stierkopf auf rotem Grund. Emsie kommt sich mit der hübschen Schneeflocke auf ihrer Brust etwas albern vor.

»Beginnt mit dem Kampf!«

Ihr Gegner fackelt nicht lange. Die junge Frau weicht dem ersten Schlag gerade noch aus, den zweiten lenkt sie seitlich an sich vorbei. Emsie weiß, dass die Schläge eines solchen Gegners für sie zu kraftvoll sind, um sie zu parieren. Zunächst bleibt die auf Abstand und versucht, den Kampfstil ihres Gegners zu analysieren. Dabei bemerkt die junge Frau, wie diesem mit der Zeit langsam die Puste ausgeht. Emsie wirbelt herum und versucht, mit der Zeit eine Lücke in seinen Bewegungen zu finden. Ihr Gegenüber wird hingegen immer schwerfälliger. Die junge Frau wittert ihr Chance und dreht eine Pirouette. Das Schwert macht einen Schlenker über ihren Kopf und trifft in einer fließenden Bewegung die linke Körperseite des Mannes. Dieser keucht überrascht auf. Auch wenn sie für das Turnier mit stumpf geschliffenen Waffen kämpfen, muss der Schlag gesessen haben. Mit einer weiteren Drehung schlägt sie ihrem überraschten Gegner die Waffe aus den Händen.

Dieser starrt sie für einen Moment einfach nur ungläubig an, dann verbeugt er sich knapp. Die Menge bricht in Jubel aus und Emsie verbeugt sich ebenfalls. *Ich habe es geschafft!* Sie muss ein breites Grinsen unterdrücken. Wieder zurück im Vorraum, glaubt die junge Frau, nun einen Funken Anerkennung in den Augen der anderen Kämpfer zu sehen. Verschwitzt zieht sie sich den Helm vom Kopf. Plötzlich sieht sie im Hintergrund die purpurne Tracht eines Magiers aufblitzen.

»Kandell!«

Der Mann mit den hellblonden Haaren tritt eilig zu ihr heran und umarmt sie stürmisch. »Glückwunsch Schwester! Ich habe den Kampf gesehen. Du hast es dem Fleischklops ja richtig gezeigt!«

»Danke. Aber hast du … Du weißt schon was …«

Kandell hält grinsend ein kleines weißes Fläschchen nach oben. »Natürlich habe ich es. Hast du etwa an mir gezweifelt?«

»Natürlich nicht!« Emsie muss schmunzeln. »Jetzt müssen wir uns nur noch überlegen, wie wir an Ferran herankommen.«

»Der Prinz? Ich denke, der ist in seinem Zelt.«

»Zelt? Sitzt er nicht an der Seite seines Vaters?«

»Soweit ich weiß, nicht ...«

Ein Stöhnen der Menge lässt die beiden abrupt Aufsehen. Edwin kämpft gerade und das mit solch einer Inbrunst, dass es Emsie ganz flau im Magen wird. Sein Gegenüber muss schon einiges an Treffer eingesteckt haben. Seine Rüstung ist schmutzig und an mehreren Stellen eingedrückt.

Er spielt nur mit ihm, schießt es Emsie durch den Kopf.

Der Gegner des Königssohns fällt plötzlich auf die Knie und zieht sich erschöpft den Helm vom Kopf. Seine schwarzen Haare kleben an seiner feuchten Stirn.

»Ich gebe auf, mein Prinz. Ihr habt gewonnen.«

Edwin verzieht den Mund. »Du gibst nicht auf, das ist ein Befehl!«

Verwirrt sieht der Mann zu dem Kronprinzen herüber. Unterdessen strengen Blick beginnt er, sich zögerlich wieder aufzurichten. In diesem Moment gibt Edwin ihm einem Schlag mit der breiten Klingenseite gegen den Kopf. Sein Gegner sackt, mit einer Platzwunde an der Stirn, bewusstlos zusammen. Der Sohn des Königs grinst boshaft und hebt triumphierend sein Schwert über den Kopf. Die Leute applaudieren zögerlich.

»Sag mir nicht, dass du gegen ihn kämpfen musst!« Kandell sieht besorgt zu seiner Schwester herüber.

Diese versucht währenddessen, wieder Spuke in ihren ausgetrockneten Mund zu bekommen. »Wenn ich den nächsten Kampf gewinne, dann schon. Habe ich eigentlich schon gesagt, wie wichtig mir dein Vertrauen in meine Fähigkeiten ist?«

Ihr Bruder grinst zynisch. »Nun ja, ein Problem nach dem anderen. Wir sollten uns jetzt zu Prinz Ferran begeben. Wahrscheinlich wartet er schon ganz ungeduldig auf uns.« Kandell führt sie aus der Arena hinaus, zu einem weißen Zelt, über dem die Flagge des Königs weht. Ein goldener Adler auf blaumem Grund. Eine Wache steht davor und stellt sich den beiden sogleich in den Weg.

»Was wollt ihr hier, vor dem Zelt des Prinzen?« Der Mann mustert sie eindringlich von Kopf bis Fuß.

»Schon gut Batis, lass sie durch.«

Ferrans Stimme dringt dumpf aus dem Inneren des Zelts hervor. Gehorsam tritt der Soldat zur Seite.

Emsie und ihr Bruder betreten ohne Umschweif den kleinen, jedoch luxuriös eingerichteten Raum. Die Schwertkämpferin sieht sich fasziniert um. Im inneren des Zelts stehen ein Sofa und ein kleiner Tisch mit einer Schale voller exotischer Früchte. Daneben befindet sich ein weiterer Tisch mit vier Stühlen. Eine Karaffe mit Wein und eine weitere mit Wasser stehen auf dem vergoldeten Möbelstück, zusammen mit einem halb ausgetrunkenen Stielglas. Prinz Ferran steht daneben und nickt ihnen zur Begrüßung knapp zu.

»Das wurde aber auch langsam Zeit! Aber besser zu spät als nie. Gib mir den Trank!« Gebieterisch streckt der Königssohn die Hand aus.

Kandell greift sich in die weite Tasche seiner Lehrlingsrobe. »Bitte sehr, mein Prinz. Frisch gebraut und noch warm. Zu drei Teilen Windröschen zu zwei Teilen Schattenmorelle. Und den Rest, fragt lieber nicht!«

Ferran betrachtet die kleine weiße Flasche abschätzig. »Das hatte ich auch nicht vor. Solange es mich von dem Fluch befreit, sind mir die Zutaten herzlich egal.« Er öffnet die Flasche mit den Zähnen, spukt den Korken aus und setzt das Gefäß sogleich an seine Lippen.

So wie er den Mund verzieht, muss der Trank scheußlich schmecken, denkt Emsie.

Nachdem Ferran alles ausgetrunken hat, stellt er das Fläschchen beiseite und beginnt laut zu fluchen. »Das war das

Furchtbarste, was ich je kosten musste! Einfach widerlich …«, ungeduldig zieht er sich den Handschuh von seiner rechten Hand. »Was soll das? Der Fluch ist noch immer da!«

»Wartet einen Moment, Prinz. Der Trank braucht eine Weile, um zu wirken.«

Ferran entfernt seine Armschiene und krempelt sich den Stoff seiner Uniform zurück. Gespannt warten die drei ab, was geschieht.

»Da!« Emsie macht einen Schritt nach vorne. »Seht ihr es? Die Steinhaut bekommt Risse!«

Ferran nickt. »Es fängt an zu jucken. Soll das so sein?«

Kandell zuckt mit den Schultern. »Das ist auch für mich das erste Mal, Prinz. Ich weiß nicht, ob der Trank vielleicht irgendwelche Nebenwirkungen haben könnte.«

»Nebenwirkungen?« Der Mann mit den schwarzen Haaren zieht besorgt die Augenbrauen zusammen. »Was …«

Weiter kommt er nicht. Die Steinhaut an seinem Arm zerbröselt einfach und fällt auf den ausgelegten Holzboden. Rosige Haut kommt darunter zum Vorschein.

»Es hat funktioniert!« Kandell grinst breit. »Ich bin genial!«

Emsie stößt ihrem Bruder in die Seite. »Und auch noch so unglaublich bescheiden! Übertreibe es nicht.«

Der Prinz begutachtet seinen Arm eingehend und nickt dann zufrieden. »Ich kann nicht glauben, wie leicht er sich anfühlt.«

»Prinz Ferran?«

Die Wache von eben schiebt den Kopf durch den Eingang. »Verzeiht die Störung, aber Euer Kampf beginnt in Kürze.«

»Danke, ich komme sofort.« Er sieht arrogant zu den beiden Geschwistern herüber. »Wenn ihr mich entschuldigt, ich muss jetzt gehen. Und das solltet ihr auch.«

»Unglaublich!« Kandell macht seinem Ärger lautstark Luft, während die beiden Geschwister sich auf dem Weg zurück zur Arena befinden. »Nicht einmal ein kleines Dankeschön war von dem Kerl zu hören! Dabei habe ich Tag und Nacht an der Rezeptur gearbeitet!«

Emsie seufzt nur resigniert. »Was hast du erwartet, Bruder? So ist er nun einmal.«

Er schüttelt überrascht den hellen Haarschopf. »Was? Gerade von dir hätte ich eine andere Reaktion erwartet.«

Die junge Frau zuckt mit den Achseln. »Wir haben unsere Aufgabe erfüllt. Wahrscheinlich werden wir nie wieder direkt etwas mit ihm zu tun bekommen. Also was solls?«

Der Magiernovize lässt nachdenklich den Blick über seine Schwester schweifen.

Sie kommen gerade noch rechtzeitig in der Arena an, um den Beginn des siebten Kampfes zu sehen. Ferrans Gegner ist einen Kopf kleiner als der Prinz, besitzt jedoch gute Reflexe. Emsie fällt auf, dass der Königssohn trotz seiner gesunden rechten Hand mit links kämpft. *Wahrscheinlich ist seine linke Seite mittlerweile geübter als seine rechte.* Wie zu erwarten, siegt der junge Mann, indem er seinen Gegner mit einem gezielten Schlag entwaffnet.

Als die Schwertkämpferin wieder an der Reihe ist, bemerkt sie mit einem Blick hoch zum König, dass die beiden Prinzen nun doch noch die Plätze an der Seite ihres Vaters eingenommen haben. Ihr Blick fällt auf Edwin, der zu ihr herübersieht und die Lippen zu einem schaurigen Grinsen verzieht. Ferrans Gesicht gleicht dem einer Eiswüste.

Mit einem Nicken gibt der König das Signal für den nächsten Kampf. Ihr Gegner ist diesmal von gleicher Größe wie sie und trägt ebenfalls eine leichte Rüstung.

Er wird eine ähnliche Strategie fahren wie ich, denkt die junge Frau. Ich werde mir etwas einfallen lassen müssen.

Der Mann, mit einem Karpfen als Wappentier, stürmt sogleich auf sie los. Im letzten Moment ändert er die Richtung und greift blitzschnell von der Seite an. Emsie leitet den Schwertstoß weiter und lässt ihren Gegner ins Leere straucheln. Es folgt ein schneller Schlagabtausch. Sie hört die Stimme ihrer Mutter in ihren Gedanken. *Niemals blocken Emsie! Leite den Schlag weiter, nimm die Energie deines Gegners und verwende sie gegen ihn.* Die Schwertkämpferin wirbelte herum, nimmt die Kraft ihres Kontrahenten auf und setzt zu einem Konter an. Emsies Schwertspitze kommt direkt vor dem Gesicht des blonden Mannes zum Stehen.

»Ich habe gewonnen.«

Die Zuschauer applaudieren begeistert. Die junge Frau sieht zu Ferran hinauf und grinst frech zu ihm herüber. Dann verbeugt sie sich vor dem König und seinen Söhnen und verschwindet vom Kampfplatz.

»Interessant.« Edwin spielt an seinem Ring herum, während er mit der anderen Hand sein Kinn stützt. »Ein wirklich wildes Kätzchen. Kennst du sie Ferran?«

Dieser sieht mit steinerner Miene zu seinem Bruder herüber. »Wieso sollte ich mit jemanden aus dem niederen Adel bekannt sein? Diese Leute stehen mit einem Bein im Dreck.«

»Gut, dann macht es ja nichts, wenn ich die Kleine zähme. Ich wette, sie ist im Bett genauso wild, wie beim Schwertkampf.«

Prinz Ferran erhebt sich. »Große Worte, aber sieh zu, dass sie dir nicht im Schlaf die Kehle durchschneidet.«

»Ich weiß deine Sorge, um mich zu schätzen, Bruder. Aber ich komme schon zurecht.«

Ferran wendet sich ab und verlässt wortlos die Tribüne.

»Mach nicht den Fehler sie zu unterschätzen, Edwin.«
König Sigur hatte den Austausch seiner beiden Söhne
aufmerksam beobachtet. Der Mann mit dem kurzen Bart und
den mit grauen Strähnen versetzten, schulterlangen braunen
Haaren nimmt einen Schluck aus seinem goldenen Becher.

»Sie ist die Tochter von Ida Frost. Wahrscheinlich hat sie
schon ein Schwert in der Hand gehalten, als sie noch nicht
einmal Laufen konnte.«

Edwin nickt gehorsam. »Ja, Vater. Ich werde daran
denken.«

Auch Ferran gewinnt seinen nächsten Kampf. Ohne den
Fluch ist es ihm möglich, sich deutlich schneller zu bewegen
als sonst. Und das Training mit Emsie hat seine Kondition und
seine Reflexe verbessert.

Sie beobachtet mit etwas stolz, wie gut sich Ferran durch ihr
Training entwickelt hat. Doch Emsie wird durch seinen Sieg
auch bewusst, dass ihr Kampf mit Edwin kurz bevorsteht. *Und
der Sieger wird ins Finale einziehen. Edwin wird schon ein
verdammt harter Brocken werden, aber danach noch gegen Ferran
antreten zu müssen …* Emsie schüttelt angespannt den Kopf.

Als die junge Frau ein weiteres Mal durch den Eingang zur
Arena schreitet, sieht sie zu ihren Eltern herüber. Kandell hat
sich mittlerweile ebenfalls zu ihnen gesellt und zu dritt feuern
sie Emsie an. Die Schwertkämpferin winkt ihnen zu und
begibt sich in der Mitte des Platzes in Kampfstellung.

Edwin schlendert arrogant zu ihr herüber, das Schwert
locker in der rechten Hand. *Er kämpf mit viel Kraft. Aber er ist
auch recht schnell. Seine starke Seite ist rechts. Ich sollte also seine
linke Seite angreifen.* Sie wechselt die Schwerthand. *Anders als
Ferran, bin ich durchaus in der Lage, mit beiden Händen zu kämpfen.*

Der Kronprinz begibt sich ebenfalls in Kampfstellung. Als das Signal zum Start kommt, greift Edwin nicht sofort an, sondern fängt an, sie langsam zu umkreisen.

»So von Nahem betrachtet, bist du wirklich eine Schönheit. Fast schade, dieses hübsche Gesicht verletzen zu müssen.«

Emsies Miene verdunkelt sich. *Ich weiß genau, was du vorhast. Du versuchst, mich wütend zu machen. Aber das kann ich auch.*

»Wer sagt denn, dass du es überhaupt so weit schaffst? Bisher haben mich die Schwertkünste von Schwarzerden eher enttäuscht. Und die des Königsgeschlechts ganz besonders.«

Edwin lachte auf. »Vergleiche mich nicht mit meinem Bruder. Ich weiß, wie man mit einer Klinge umzugehen hat.«

Er springt nach vorne, deutlich schneller, als es die junge Frau erwartet hat. Einzig und allein Emsies Reflexen ist es zu verdanken, dass sie nicht getroffen wird. Wieder umkreisen sie sich.

Diesmal ist es die junge Frau, die angreift. Sie versucht mit einer Finte, das rechte Bein des Kronprinzen zu treffen. Doch Edwin hat ihre Bewegung vorausgesehen und blockt ihre Klinge. Darauf hat die Schwertkämpferin gewartet. Sie nimmt die Energie mit und vollführt mit ihrem Schwert einen kraftvollen Bogen.

Der Mann vor ihr, schafft es gerade noch, nach hinten auszuweichen. Blut tropft aus einem kleinen Schnitt an seinem Kinn. Ungläubig wischt Edwin es sich mit dem Handrücken fort. Wäre die Klinge scharf gewesen, hätte Emsie ihm mit diesem Angriff den Kiefer aufgeschlitzt. Selbstbewusst richtet sie sich vor ihm auf.

»Oh nein! Habe ich es etwa geschafft, dein hübsches Prinzengesicht zu verletzen?«

Der Mann vor ihr starrt sie hasserfüllt an.

»Dafür wirst du büßen, du kleines Luder!«

Er greift erneut an.

Sie schafft es, den Schwertstreich zu kontern.

Edwin kann ausweichen, taucht unter ihrer Klinge ab und ist plötzlich direkt vor ihr. Mit dem Schwertgriff verpasst er ihr einen harten Schlag gegen die Schläfe.

Überrascht fällt Emsie auf die Knie und Sterne beginnen vor ihren Augen zu tanzen. Plötzlich dreht sich alles um sie und ihr verschwimmt die Sicht. Auf einmal hört sie jemand aus der Ferne ihren Namen rufen und sieht auf.

Edwins Klinge rast auf sie zu. Im letzten Moment rollt sich Emsie zur Seite und kann Edwins Angriff ausweichen. Der Kronprinz kommt durch die Wucht seines eigenen Schlags ins Straucheln.

Das gibt der jungen Frau genug Zeit, um wieder auf die Beine zu kommen. Sie spürt, wie ihr heißes Blut ins linke Auge läuft. Edwin hat ihr durch seinen Angriff mit dem Schwertgriff eine Platzwunde verpasst. Emsie flucht laut. *Er hat mir die Sicht auf der linken Seite genommen. Wahrscheinlich wird sein nächster Angriff genau dorthin abzielen.* Ihr Gegner grinst siegessicher zu ihr herüber. *Die nächste Aktion entscheidet.*

Edwin holt zum Schlag aus und tatsächlich greift er Emsies blinde Seite an.

Blitzschnell wirft die Frau ihre Waffe in die andere Hand, taucht ab und kontert den Angriff des Kronprinzen.

Der Ruf eines Horns gibt das Ende des Kampfes an. Die Menge braucht einen Moment, um den Ausgang der Begegnung zu realisieren, doch schließlich beginnen die Beifallsrufe, die nach und nach zu einem begeisterten Jubelchor anschwellen.

Emsie steht da, die Klinge an den Hals Edwins gelegt. »Gewonnen.« Sie sinkt erschöpft auf die Knie.

Auf der Miene des Verlierers spiegelt sich zuerst Unglaube, dann Wut wider.

»Der Kampf ist zu Ende!« Die Stimme des Königs ist über dem gesamten Platz zu hören. »Siegerin ist Emsie Frost.«

Edwin kocht vor Wut. Mit aggressiven Schritten steigt er die Treppe zum Balkon des Königs nach oben. Die Dienerin, die es dabei wagt, seinen Weg zu kreuzen, schubst er grob zur Seite. Die arme Frau stolpert und fällt unkontrolliert, sowie schreiend, die vielen Stufen hinab. Falls Edwin ihren Sturz mitbekommen hat, lässt er sich nichts anmerken. »Das war unfair, Vater! Wie kannst du das zulassen? Sie hat einfach mitten im Kampf die Schwerthand gewechselt!«

Sigur mustert seinen Sohn streng. »Sie hat gegen keine Regel verstoßen. Du bist ein schlechter Verlierer, Edwin. Als wäre es nicht genug, dass du mit deinem Scheitern Schande über die Königsfamilie gebracht hast. Jetzt ist es an Ferran, die Familienehre wiederherzustellen.«

Edwin sieht zähneknirschend zu seinem jüngeren Bruder herüber, der unter dem mörderischen Blick des älteren keine Miene verzieht.

»Du! Ich habe genau gehört, dass du es warst, die die Kleine vor meinem Angriff gewarnt hat!«

Ferran zuckt mit den Achseln und geht wortlos an seinem Bruder vorüber. Als der Kronprinz Anstalten macht, ihm zu folgen, drückt ihm Sigur einen Kelch mit Wein in die Hand.

»Trink, Sohn und setz dich. Du verpasst sonst den Kampf deines Bruders.«

Der drohende Unterton in seiner Stimme bleibt dem Kronprinzen nicht verborgen. Edwin zögert kurz, dann setzt er sich schmollend auf seinen Platz und leert sein Getränk in einem Zug.

Emsie sitzt ungeduldig auf der Liege im Sanitäterzelt, während sie die tattrige Ärztin dabei beobachtet, wie diese ihre Tasche mit Arzneifläschchen durchsucht.

»Hey Tantchen, ich muss unbedingt den nächsten Kampf sehen, also beeil dich bitte!«

Die alte Frau kommt seelenruhig mit einer Flasche Jod in der Hand herbeigeschlurft. »Immer mit der Ruhe, junge Dame, ich bin doch keine Zauberin. Ich muss noch die Wunde desinfizieren und eine Salbe auftragen ... So, das hätten wir ... Und jetzt noch den Klebeverband darüber ... Du bist doch nicht allergisch gegen Schneckenschleim, oder? Nein? Gut ... Und fertig!«

Emsie steht auf und bewundert die Arbeit der Sanitäterin im Spiegel. Die Haut über ihrem linken Auge ist rot und geschwollen. Das Pflaster ist nicht groß, überdeckt aber den offenen Teil der Wunde perfekt.

»Vergiss nicht, den Verband täglich zu wechseln, Kind.«

Emsie nickt artig. »Danke, das mache ich. Kann ich jetzt gehen?«

Die Ärztin nickt und Emsie stürmt aus dem Sanitäterzelt heraus, zurück in die benachbarte Arena.

Dort kämpft Ferran bereits gegen seinen nächsten Gegner.

Als Emsie in den mittlerweile leeren Vorraum für die Turnierteilnehmer eintritt, kann sie sehen, wie sich die beiden Männer konzentriert gegenüberstehen. Mit Genugtuung entdeckt Emsie, dass sich auf der Wange von Ferrans Rivale bereits ein violett-roter Bluterguss gebildet hat.

Der Prinz fixiert sein Gegenüber und stürmt plötzlich blitzschnell nach vorne. Mit einer Finte legt er den Schwertkämpfer herein und entwaffnet diesen geschickt in einer fließenden Bewegung. Somit stehen die Finalisten für den nächsten Kampf fest. Emsie gegen Ferran.

Die junge Frau schluckt schwer. Während die Menge dem Prinzen begeistert zujubelt, setzt sie sich auf die schmale Bank des menschenleeren Vorraums und vergräbt nachdenklich das Gesicht in den Händen. *Wenn ich ehrlich bin, will ich nicht ernsthaft gegen ihn kämpfen. Für ihn steht viel mehr auf dem Spiel als für mich. Ich frage mich, ob sein Vater ihn erneut bestrafen wird, wenn er das Turnier nicht gewinnt …*

Der junge Prinz tritt aus dem Kampfplatz in den Vorraum der Arena ein. Als sein Blick auf Emsie fällt, weiten sich seine Augen ein wenig.

»Du siehst furchtbar aus.«

Sie rollt mit den Augen und streckt ihm frech die Zunge entgegen. »Vielen Dank auch. Wenn Euer Bruder stärker zugeschlagen hätte, wäre ich bewusstlos geworden. Dann müsstet Ihr meinen Anblick jetzt nicht ertragen.«

»Hast du Schmerzen?«

»Was? Nein … Es geht schon.«

Ferran setzt sich ihr Gegenüber und streift sich den Helm vom Kopf. »Ich würde dir ja empfehlen aufzugeben, aber ich weiß ja, was für ein Dickkopf du bist.«

»Das sagt der Richtige«, antwortet sie ihm schnippisch.

Zu ihrer Überraschung grinst der Prinz. »Ich muss sagen, als du Edwin besiegt hast, bin ich neidisch geworden. Eigentlich wollte ich meinen Bruder bezwingen.«

Emsie sieht besorgt zu ihm herüber. »Ist Euer Vater sehr wütend auf ihn?«

Ferran zuckt die Achseln. »Erfreut ist er nicht gerade, aber was solls … Er ist gewöhnt daran, von Vater bestraft zu werden. Genauso wie ich.«

»Stammte die Wunde, die ich Euch damals in Kandells Zimmer vernäht habe, auch von König Sigur? Hatte er Euch das angetan? Es ist nicht richtig, wie euer Vater Euch behandelt. König hin oder her. Das wisst Ihr doch, Prinz Ferran?«

Der verblüffte Mann vor ihr will zu einer Antwort ansetzen, doch in diesem Moment unterbricht ihn die Fanfare der Arena. Stattdessen steht er langsam auf und sieht mit wütendem Blick zu Emsie herunter. Dann zieht er sich seinen Helm wieder über den Kopf. »Wie müssen los. Die Zuschauer warten auf das Finale.« Ferrans Stimme klingt kühl und ablehnend.

Emsie blickt ihm, verwirrt von seiner Reaktion, für einen kurzen Moment stumm hinterher, dann erhebt sie sich ebenfalls.

Als die beiden sich auf dem Kampfplatz gegenüberstehen, schießen der Schwertkämpferin allerlei Gedanken durch den Kopf. *Was ist plötzlich mit ihm? Habe ich etwas Falsches gesagt?* Das Signal für den Kampfbeginn bringt Emsie wieder zurück in die Wirklichkeit.

»Du solltest vielleicht dein Schwert ziehen. Nur so als Vorschlag.« Ferran sieht mit spöttischem Blick zu ihr herüber.

Peinlich berührt zieht Emsie hastig ihre Waffe. Ihr Wangen färben sich rot. *Vielleicht habe ich mir den Kopf stärker verletzt, als ich dachte. Es fällt mir deutlich schwerer, mich zu konzentrieren …*

Sie beginnen sich zu umkreisen. Auf einmal kommt es der jungen Frau vor, als stünden sie nicht mehr in der Arena, sondern auf der Waldlichtung im Feuerhain. *Wenigstens ist die Wahrscheinlichkeit versehentlich auf ein Erdwespennest zu treten, hier deutlich geringer …*

Der Prinz macht den ersten Schwertstreich. Emsie wehrt ihn ab und kontert. Ferran weicht gerade so zur Seite aus. Das Publikum klatsch anerkennend Beifall. Die Schwertkämpferin zögert nicht lange und greift erneut an. Ferran ist zu langsam, und erhält einen Stoß gegen die Brust. Das Kettenhemd und die Lederrüstung schützen ihn vor größerem Schaden, aber angenehm ist der Treffer sicher nicht gewesen. Es folgt ein weiterer Schlagabtausch. Emsie wird langsam klar, dass der Kampf wahrscheinlich ewig so weiter gehen würde. *Wir sind uns ebenbürtig! Wir kennen den Stil des anderen und seine Schwächen.* Emsie fasst einen Entschluss. *So kann das nicht weiter gehen. Ich muss mich entscheiden.*

Der Prinz setzt eine Finte ein, die die Schwertkämpferin jedoch voraussieht und pariert. Daraufhin dreht er eine Pirouette und vollführt einen blitzschnellen Schwerthieb nach oben. Emsie Schwert wird ihr aus der Hand gehebelt und fliegt ein Stück durch die Luft, bevor es mit der Spitze zuerst in den staubigen Boden der Arena gerammt wird.

Ungläubig sieht der Prinz zu der jungen Frau hinüber, die daraufhin ehrerbietig das Haupt vor dem Gewinner des Turniers beugt.

Die Menge jubelt und Blumen werden von den Zuschauern in die Arena geworfen.

Emsie zieht sich rasch zurück und überlässt dem jungen Mann die Bühne. Im Vorraum wird sie bereits erwartet. Kandell steht vor ihr und nickt ihr anerkennend zu.

»Glückwunsch zum zweiten Platz, Schwester! Du hast gut gekämpft. Wenigstens hast du dem undankbaren Prinzen noch eine verpassen können.«

Emsie zuckt nur müde mit den Schultern. »Stimmt. Das war mein Abschiedsgeschenk.«

KAPITEL 8

Kritisch betrachtet Rana ihr Werk, dann nickt sie zufrieden.

»Siehst du, Emsie, ich sagte doch, wenn ich die Haare an dieser Stelle seitlich herunterlasse, verdecken sie dieses unschöne Pflaster an deiner Stirn fast vollständig.«

Die junge Frau sieht in den Spiegel und zuckt innerlich mit den Schultern. Eigentlich hat sie keine große Lust, heute Abend auf den Ball zu gehen, aber sie will Rana nicht enttäuschen, die mit so viel Freude den ganzen Nachmittag Emsies Haar frisiert und ihr bei der Kleiderauswahl geholfen hatte.

»Du bist eine Künstlerin, Rana. Nie im Leben hätte ich so etwas zustande bringen können.« Das entspricht sogar der Wahrheit. Und ihre Mutter stellt sich in der Regel genauso geschickt an wie Emsie, wenn es um solche Sachen wie Mode oder Frisuren geht. Also eher mäßig.

Ihre adlige Freundin sieht hingegen wie immer perfekt zurechtgemacht aus. »Du siehst sehr hübsch aus, Emsie. Die jungen Männer werden ihre Blicke nicht von dir lassen können.«

Die Schwertkämpferin starrt die Frau im Spiegel ungläubig an und schweigt.

Später fahren sie gemeinsam mit ihren Eltern zum Palast des Königs. Emsie fährt bei Rana mit, während ihr Bruder und ihre Eltern sich eine weitere Kutsche teilen. Das Wetter an diesem Abend ist warm und der Himmel wolkenlos. Die Sonne geht gerade unter und färbt den Himmel blutrot.

Langsam kommen sie der Burg näher, die auf einem Hügel majestätisch vor ihnen aufragt. Die hohen Bögen und die schmalen verzierten Säulen scheinen im Abendlicht der Sonne zu glitzern. Emsie erinnert sich an ihren letzten Besuch hier und verzieht abschätzig die rot angemalten Lippen.

Oben angekommen, steigen die beiden Freundinnen sogleich aus der Kutsche aus, wobei Emsie sich in ihrem Kleid verheddert und fast aus dem Gefährt herausgefallen wäre. Peinlich berührt tritt die Schwertkämpferin zusammen mit Rana durch die Burgtore und sie erreichen wenig später den belebten Festsaal.

Im Inneren ist alles festlich geschmückt. Girlanden mit durch Magie bestückten Lichtern hängen quer durch den Raum. Die Wände sind mit bunten Teppichen verschönert und ein Birkenbaum, behangen mit blauen Bändern, befindet sich krönend in der Mitte des Saals. Überall stehen Menschen zusammen und unterhalten sich oder bedienen sich am reichlich ausgestatteten Buffet. Es ist Musik zu hören und in einem Teil des Saals wird bereits getanzt.

Nachdem die Schwertkämpferin mit Rana eine Runde durch die Festräume gedreht hat, wird ihre Freundin auch sogleich von einem gutaussehenden, jungen Mann zum Tanz aufgefordert. Mit fragender Miene blickt Rana zu Emsie herüber.

»Geh nur. Ich warte so lange hier.«

»Danke Emsie. Und vergiss nicht, dich zu amüsieren.«

Mache ich so einen verkniffenen Gesichtsausdruck? Sie sieht den beiden Tanzpartnern hinterher, bis diese von der Menge verschluckt werden. Emsie schüttelt den Kopf und beschließt, sich etwas zu trinken zu besorgen. *Vielleicht wird ein Glas Wein ja meine Stimmung heben?* Auf dem Weg zum Ausschank spürt Emsie auf einmal, dass sie jemand beobachtet und dreht sich suchend um. Sie erkennt Ferran, der kurz zu ihr herüber nickt, bevor seine aufdringlichen Gesprächspartnerinnen es schaffen, wieder seine Aufmerksamkeit auf sich zu lenken. *Die Edelfrauen, die ihn belagern, scheinen sich ja förmlich um ihn zu reißen. Ich weiß nicht, wer von ihnen mir mehr leidtut. Wahrscheinlich eher die armen Frauen, die so tun müssen, als wäre seine Arroganz Teil seines Charmes.*

Die Schwertkämpferin grinst schadenfroh zu dem Prinzen herüber. Dabei fragt sich Emsie, ob sich mittlerweile nicht doch so etwas wie eine Freundschaft zwischen ihnen entwickelt hat. *Zumindest verstehe ich ihn langsam etwas besser.* Sie dreht sich um und geht weiter zur Bar. *Stimmt, Rana sagte mir ja, dass er bald vermählt wird. Ob es eine dieser Frauen sein wird?* Sie schüttelt den Kopf. *Sicher vermählt ihn sein Vater mit der Tochter eines sohnlosen Fürstens oder Herzogs …* Auf einmal wird ihr furchtbar schlecht. Sie lässt ihren Wein stehen und rennt, so gut es bei der Menschenmenge und ihrem Kleid geht, zum nächsten Ausgang nach draußen.

Emsie lehnt sich gegen das steinerne Geländer und holt ein paar Mal tief Luft. Langsam, aber stetig verschwindet ihre Übelkeit und sie beginnt wieder ihre Umgebung wahrzunehmen. Orientierungslos sieht sie sich um und braucht einen Moment, um sich wieder zu fassen. Emsie bemerkt, dass sie zufällig den Ausgang zu Terrasse gewählt hat. Eine wuchtige alte Treppe führt hinunter zum Garten der Burg. Aufgestellte Fackeln beleuchten den Weg in eine angelegte Grünfläche aus Moosen, Farnen und alten Bäumen. Sie beschließt, dort eine kleine Runde spazieren zu gehen, um das schummrige Gefühl aus ihrem Kopf zu vertreiben.

Unten angekommen, muss die Schwertkämpferin aufpassen, sich mit ihrem Rock nicht in den Büschen zu verfangen, die den schmalen Kiesweg durch den Burggarten begrenzen. Nach einer Weile spürt Emsie, dass sie langsam wieder Herr ihrer Sinne wird.

»Fühlt sich das Kätzchen nicht wohl?«

Ruckartig dreht sich Emsie um. Edwin tritt aus dem Schatten eines alten Baums hervor und funkelt sie mit seinen dunklen Augen durchdringend an. Die junge Frau sieht sich nervös um, aber keiner der anderen Gäste scheint bis jetzt auf die Idee gekommen zu sein, nach draußen zu gehen. Sie ist ihm ausgeliefert.

»Ihr solltet nicht allein durch den Garten wandeln. Hier könnten sich zwielichtige Gestalten herumtreiben.«

»Damit meint ihr wohl Euch?« Sie sieht kampfeslustig zu ihm herüber.

Edwin lacht amüsiert. »Immer noch so voller Energie, meine Liebe?« Er machte ein paar Schritte auf die Schwertkämpferin zu. Emsie widersteht dem Drang zurückzuweichen, aber ihre rechte Hand zuckt nach unten zu ihrer Hüfte, wo normalerweise ihr Schwert hängen würde. Natürlich greift sie ins Leere.

»Fühlt ihr euch etwa von mir bedroht?« Er ist jetzt so nah, dass sie seinen nach Alkohol riechenden Atem im Gesicht spüren kann. Emsie weiß, dass sie in der Falle sitzt. Hinter ihr versperrt ihr ein dichter Busch die Fluchtmöglichkeit.

»Was wollt Ihr von mir, Prinz Edwin?«

»Was ich von dir will?« Seine Hand schnellt vor und krallt sich in die Haare an ihrem Hinterkopf. »Ich will etwas Spaß haben, Fräulein Frost.« Er drückt sie eng an sich und zieht ihr grob den Kopf nach hinten. Emsie versucht, sich herauszuwinden, aber sein Griff ist fest wie Eisen.

»Lasst mich los, Edwin. Ich warne Euch ...«

Wieder lacht der Kronprinz. »Du wirst schon sehen, es wird die Gefallen. Ich werde dich ...«, plötzlich stockt der Mann und reißt erstaunt die Augen auf.

Emsie hat ihm mit dem Knie einen Tritt in die Weichteile verpasst. Sie reißt sich von ihm los. Edwin steht da und krümmt sich vor Schmerzen.

»Du kleine Hure ...«

Die Schwertkämpferin schüttelt fassungslos den Kopf. Ein betäubender Zorn steigt in ihr auf. *Es reicht mir! Ich habe genug von dieser Stadt.* Sie dreht sich um, rafft ihr langes Ballkleid und rennt davon. Sie läuft an der Schlossmauer entlang und schlägt zielstrebig den Weg runter zur Stadt ein.

Die Sterne und der Mond spenden Emsie auf ihrem Weg ein sanftes Licht. Während sie durch das Gestrüpp rennt, kann die Schwertkämpferin hören, wie der Stoff ihres Rocks sich darin verfängt und in Fetzen gerissen wird. Doch es kümmert sie nicht mehr.

Nur wenige Leute sind auf diesem Weg und zu dieser späten Stunde unterwegs. Diejenigen, die sie bemerken, starren Emsie an, als wäre sie ein Geist.

Die junge Frau beschließt, die Gaffer einfach zu ignorieren. Als sie ihre Villa erreicht, stürmt sie nach oben in ihr Zimmer und zehrt sich hektisch das Kleid von ihrem schlanken Körper. Dann schlüpft Emsie in Hose, Hemd und Stiefel. Zuletzt bindet sie hastig ihr Schwert um die Hüfte und läuft, immer noch kochend vor Wut, wieder nach draußen.

Die Bediensteten haben für den Abend freibekommen und so sieht keiner die junge Frau weder hinein, noch hinausstürmen.

Nach wenigen Minuten kommt sie außer Atem und schwitzend an ihrem Ziel an. Der Übungsplatz. Emsie wischt sich mit dem Ärmel über das verschwitzte Gesicht. Dabei fällt ihr auf, dass sie gerade Ranas Meisterwerk endgültig zerstört hat. Die Schwertkämpferin hebt mit schlechtem Gewissen den Ärmel an und kann im schwachen Mondlicht die Flecken sehen, die Tusche und Kohle auf ihrer Kleidung hinterlassen haben.

Mit zügigen Schritten eilt sie zu einem der Holzpfähle herüber und beginnt, wie wild mit dem Schwert darauf einzuschlagen. Splitter sausen durch die Luft. Nach einer Weile lässt sie erschöpft ihre Waffe fallen und lehnt ihren Kopf gegen die raue Oberfläche des Baumstamms. Das Herz schlägt ihr bis zum Hals.

»Bist du fertig?«

Emsie schreckt auf.

Aus der Dunkelheit schreitet auf einmal Ferran auf sie zu. Für einen kurzen Moment hat sie ihn für seinen älteren Bruder gehalten. Sie atmet erleichtert aus. »Was machst ausgerechnet du hier?«

Er zuckt mit den Schultern. »Dasselbe könnte ich dich fragen. Warst du nicht vor Kurzem noch auf dem Fest?«

»Ich … musste von dort verschwinden.«

Der Prinz nickt. »Ich weiß … Ich habe dich und Edwin gesehen. Aber bevor ich eingreifen konnte, hast du dir schon selbst geholfen. Ich habe ihn gewarnt, dich nicht zu unterschätzen.«

»Du hast mich beobachtet?«

Der Prinz schüttelt den Kopf. »Ich sah dich zufällig aus dem Saal stürmen und … Nun, jedenfalls dachte ich, ich sehe besser einmal nach.«

Emsie betrachtet den jungen Mann vor ihr nachdenklich. Dabei fällt ihr der Schmutz auf, der an der festlichen Robe des Prinzen haftet. *Hat er etwa versucht, mir durch den Garten zu folgen?* »Aber woher wusstet Ihr, dass ich hier sein würde?«

»Nun, ich habe es mir irgendwie gedacht …«

Für einen kurzen Moment herrscht Stille zwischen den beiden und Emsie sieht unschlüssig zu Boden.

Dann setzt der Prinz erneut an. »Ich muss mich für meinen Bruder entschuldigen. Wenn er trinkt, wird er unberechenbar. Ich hätte dich vor ihm warnen müssen.«

»Ist das alles? Seid Ihr deswegen hier?«

»Nein, ich ...«

Ferran kommt näher zu ihr herüber. Emsie bemerkt den müden und abgekämpften Blick seiner Augen. Ein weiterer Moment der Stille entsteht zwischen den beiden, unterlegt mit dem Zirpen der Grillen.

»Du hast absichtlich verloren, Emsie. So ist es doch, oder? Ich weiß ganz genau, wozu du fähig bist. Ich hätte verlieren sollen. Warum hast du das getan?«

Sie sieht überrascht zur Seite. In diesem Moment ist Emsie froh um die Dunkelheit. Sonst hätte der Prinz ihre roten Wangen bemerkt.

»Ich weiß nicht, was Ihr meint ...«

»Spiel nicht die Unschuldige. Ich weiß, was du getan hast.« Die Stimme des Prinzen klingt aufgebracht.

»Ich ... Also ... Ich dachte ... Für Euch ist der Sieg viel wichtiger als für mich ... Und Euer Vater, er ... Er würde Euch für Euer Versagen bestimmt bestrafen ...«

Ferran schüttelt den Kopf. »Emsie ... Du hättest das nicht tun müssen.«

Der Blick seiner blauen Augen ruht eindringlich auf ihr. Die junge Frau spürt, wie ihr Herz erneut anfängt zu klopfen.

»Danke«, flüstert Ferran.

»Wie bitte?« Emsie sieht überrascht auf.

»Ich werde es nicht wiederholen.«

Eine weitere Pause entsteht zwischen den beiden. Emsie betrachtet sein edles Gesicht und sein pechschwarzes Haar, dass sogar im Mondlicht schimmert. Der stolze, aber auch verletzliche Blick, mit dem er sie ansieht, bringt sie schier um den Verstand. Die Schwertkämpferin kann selbst nicht glauben, wie sehr sie von dem Mann vor ihr angezogen wird. Sie versucht die Gefühle, die in ihr aufkommen, zur Seite zuschieben. Aber es gelingt ihr nicht, sosehr sie es auch versucht. Emsie sieht verlegen zu Boden.

»Warum kann ich dich nicht einfach hassen?«, flüstert die junge Frau plötzlich. Dabei schiebt sie sich nervös eine Haarsträhne ihrer aufgelösten Frisur hinter die Ohren.

Der Prinz schweigt nur und steht wie versteinert da.

Sie macht zögerlich einen Schritt nach vorne, dann noch einen. Ihr Kopf ist wie leergefegt und das Herz schlägt ihr auf einmal bis zum Hals. Emsie sieht zu ihm auf und zögert. Sie kann förmlich spüren, wie die Atmosphäre sich um sie herum vor Spannung auflädt. Als sie den einsamen Blick in seinen Augen bemerkt, gibt es für Emsie kein Halten mehr. Plötzlich schlingt sie die Arme um seinen Nacken, stellt sich auf die Zehenspitzen und küsst Ferran.

Seine heißen Lippen erwidern den Kuss. Ein unglaubliches Verlangen flammt auf einmal in Emsie auf.

Der Prinz nimmt die Schwertkämpferin in die Arme und drückt sie fest an sich. Für ein paar Sekunden stehen sie einfach nur so da. Dann schlägt Emsie plötzlich ruckartig die Augen auf und weicht erschrocken ein Stück zurück. *Was tue ich da? Bin ich verrückt geworden?*

Ferran sieht sie unverwandt an. Sein Blick strahlt Verlangen, aber gleichzeitig auch Misstrauen und Furcht aus.

Unsicher weicht sie weiter vor ihm zurück. »Ich … Es tut mir leid, Prinz Ferran. Das war eine blöde Idee. Ich weiß nicht, was ich mir dabei gedacht habe.« Die Schwertkämpferin will sich abwenden, aber der Königssohn hält sie zurück. Sanft streicht er über ihre mit Tusche verschmierte Wange. Verwirrt mustert Ferran dabei ihr Gesicht und seufzt schließlich.

»Ich habe das Gefühl, das ich noch verrückt werde. Es ist, als würdest du mich verfolgen, selbst in meinen Träumen.

Und ich verstehe nicht warum.« Er legt sich seine flache Hand auf seine Brust. »Es ist ... Ein merkwürdiges Gefühl.«

Die junge Frau sieht ihn nachdenklich an. Schließlich nimmt sie Ferrans Hand in ihre und legt sie sich an die Wange. Es ist die gleiche Hand, die das Schwert geführt hat, um den ehemaligen Schatzmeister des Königs zu enthaupten. Aber es ist auch die Gleiche, die sie damals bei dem Bärenangriff ergriffen hatte. Für einen Moment genießt Emsie die Wärme, die davon ausgeht und schließt für ein paar Sekunden ihre hellbraunen Augen. Als sie sie wieder öffnet, sehen diese klar und gefasst zu dem Prinzen auf.

»Du hast so viel Dunkelheit in dir, Ferran. Und das macht mir Angst. Aber gleichzeitig hast du auch etwas an dir, das mich fasziniert. Und mir ist durchaus bewusst, dass das komisch klingt. Aber so ist es. Ich schaffe es offensichtlich nicht, mich von dir fernzuhalten. Und du genauso wenig.«

Ferran sagt nichts, sondern starrt sie nur durchdringend an.

Emsie nimmt seine Hand von ihrer Wange und umschließ sie fest mir ihren Fingern. »Vielleicht gibt es nur einen Weg herauszufinden, was das für ein Gefühl ist.« Als sie Ferran erneut küsst, ist Emsie zärtlicher und vorsichtiger als zuvor. Er sieht sie unsicher an, sagt aber immer noch kein Wort.

Nur so können wir wissen, ob das hier mehr ist. Falls nicht, wird der Zauber zwischen uns am Morgen verflogen sein und wir können weitermachen, als wäre nichts gewesen. Emsie dreht sich um und führt den schweigenden Prinzen, immer noch an der Hand halten, herunter vom Übungsplatz. Sie schlägt den Weg Richtung Stadt ein. Der Gedanke, der ihr dabei durch den Kopf schießt, lässt sie innerlich kurz erschaudern.

Warum gibt es eigentlich keine Märchen über Prinzessinnen, die sich in den Drachen verlieben? Ah ja, wahrscheinlich weil solche Geschichten niemals gut ausgehen ...

Emsie zieht Ferran langsam die Treppe zu ihrem Zimmer hinauf. Das alte Holz knarzt leise bei jedem ihrer Schritte und sie ist froh, dass gerade niemand im Haus ist. Die Schwertkämpferin weiß, dass sie eigentlich etwas tut, was ihre Eltern niemals billigen würden. Rasch schiebt sie den Gedanken von sich, während sie Ferrans warme Hand spürt, die sanft ihre eigene umfasst. *Aber es fühlt sich alles andere als falsch an. Warum ist das so?* In ihrem Zimmer angekommen, fällt Emsies Blick auf das zerfetzte Kleid, dass sie vorhin achtlos zu Seite geworfen hatte.

»Sieht so aus, als hättest du geschafft, es zu ruinieren.« Mit spöttischem Blick sieht Ferran zu ihr herüber.

Die Schwertkämpferin seufzt. »Und Rana hat sich solch eine Mühe damit gemacht. Ich muss mich wohl bei ihr entschuldigen.«

»Das, was du jetzt trägst, passt sowieso viel besser zu dir.«

Überrascht mustert sie ihn genauer. »Sollte das ein Kompliment sein?«

Ferran sieht zur Seite und zuckt verlegen mit den Achseln. *Er hat es tatsächlich ernst gemeint …*

Zögerlich kommt er näher und steht nun direkt vor Emsie. Der Prinz streicht ihr gedankenversunken eine ihrer Haarsträhnen hinter das Ohr, dann zieht er ihr langsam, Haarnadel für Haarnadel, aus der zerzausten Frisur heraus.

Sie beobachtet ihn dabei stumm, mustert seine helle Haut, seine dunklen Wimpern und seine blassen Lippen. Ihr Blick schweift herunter zu seinem Hals. Die ersten drei Knöpfe seines Gewands sind bereits geöffnet. Emsie hebt die Hand und öffnet langsam und nach der Reihe, die anderen.

Währenddessen hat Ferran die letzte Nadel ihrer Frisur gelöst und auf den Boden fallen lassen. Er greift ihr in die offenen Haare, presst die Lippen gegen ihren Scheitel und schließt genussvoll die eisblauen Augen, während Emsie langsam mit den Fingern über seine Brust gleitet. Sie schiebt den Stoff zur Seite und beugt sich herab, beginnt jede Einzelne der Narben auf seinem Körper mit einem Kuss zu versehen. Emsie spürt, wie aufgeregt sein Herz flattert. Seine Haut brennt unter ihren Fingern.

Ferran zieht sie zu sich aufs Bett und weiter auf seinen Schoß, wo er ebenfalls beginnt, Emsie aus ihrer Kleidung zu befreien.

Ihr Atem beginnt immer schneller zu werden. Als er Emsie das Hemd über den Kopf streift und sie seinen Blick bemerkt, hält sie geniert die Arme vor die Brust.

»Starr nicht so, Idiot.«

Seine Mundwinkel zucken belustigt nach oben, dann drückt er seine Lippen fordernd auf ihre.

Emsie glaubt zu zerschmelzen. Das Einzige, woran sie in diesem Moment denken kann, ist der Mann in ihrem Bett. Sie streift ihm das Hemd vom Oberkörper und sieht ihm dabei in seine hellen Augen. Die Kälte darin vermischt sich mit einem Hauch von Zärtlichkeit. *Merkwürdig,* dachte Emsie, *es fühlt sich nicht an, als würden wir das zum ersten Mal tun. Es ist eher so, als wäre es nur schon eine Ewigkeit her.* Ferran nimmt sie fest in die Arme und Emsie kommt die ungewohnte Nähe zu ihm so unwirklich vor, als würde sie sie nur träumen.

Danach liegen sie noch gemeinsam eine Weile da. Die junge Frau hat erschöpft ihren Kopf auf Ferrans Oberarm gelegt, während er mit einer Strähne ihres dunkelblonden Haars herumspielt. Einer ihrer Oberschenkel ruht auf seiner Hüfte. Sie betrachtet neugierig die unzähligen Narben auf seiner Haut.

»Woher stammt diese hier?«

Er wendet seinen Blick nicht von ihrer Haarsträhne ab, als er ihr antwortet: »Warum willst du das Wissen?«

»Es ist nur … Ich will wissen, wer du bist, Ferran. Auch die unschönen Dinge. Aber du musst nicht darüber reden, wenn du nicht möchtest. Glaub mir, ich kann das verstehen.«

Für einen Moment sagt er nichts und Emsie befürchtet schon, dass sie eine unsichtbare Grenze überschritten hat. Doch dann schneidet seine scharfe Stimme durch die Stille.

»Ein Schürhaken. Vater hat mich dabei erwischt, wie ich als Junge etwas aus der Küche gestohlen habe.«

»Und diese hier?«

»Diese …« Er richtet sich plötzlich auf und setzt sich mit dem Rücken zu ihr auf die Bettkante. Emsie sieht besorgt zu ihm herüber.

»Vergiss es, Ferran. Ich hätte nicht fragen sollen. Das war taktlos von mir.«

Er dreht sich zu ihr um und sein kalter Blick wird auf einen Schlag wieder weich. »Emsie, ich …«

Plötzlich erklingt das Schlagen von Hufe auf Pflaster zu ihnen heran. Die Schwertkämpferin flucht leise. »Das sind bestimmt meine Eltern und mein Bruder! Du musst gehen, Prinz! Sofort!«

Er verzieht die Lippen zu einem sarkastischen Lächeln. »Und wie soll ich hier herauskommen? Vielleicht aus dem Fenster klettern?«

»Was glaubst du denn? Los schnell, zieh dir was an!«

Murrend sammelt Ferran seine Kleidung ein und zieht sich seine Hose über.

Emsie schiebt ihm zum Fenster herüber. »Das Dach fällt flach ab, du kannst also springen. Es ist nicht besonders tief.«

»Ach, da bin ich aber froh.«

Die junge Frau rollt mit den Augen. Sie hört, wie die Haustüre geöffnet wird.

»Emsie? Bist du hier?« Die Stimme ihres Vaters.

»Schnell jetzt! Sie werden gleich nach oben kommen, um nach mir zu sehen.«

Der Prinz ist schon halb aus dem Fenster herausgeklettert, als er sich noch einmal zu ihr herumdreht.

»Triff mich heute Nacht wieder auf dem Übungsplatz.«

»Zu Befehl, Eurer Hoheit. Und jetzt geht.« Halb ernst, halb belustigt, schließt sie hinter ihm die Fensterläden. Dann huscht sie zurück ins Bett und streift sich rasch ihr Schlafhemd über den Körper. Und wie sich herausstellt, keinen Augenblick zu früh. Die Tür zu ihrem Zimmer wird mit einem Ruck aufgerissen und ihre Eltern stehen im Türrahmen.

»Emsie! Da bist du also! Wir haben schon überall nach dir gesucht!« Die aufgebrachte Stimme ihrer Mutter versetzt ihr einen Stich.

»Tut mir leid. Aber mir ist plötzlich ganz schlecht und schwindelig geworden. Ich wollte nur noch nach Hause.«

»Du hättest uns Bescheid geben sollen, junge Dame! Zumindest hättest du es jemanden ausrichten lassen können.« Ihr Vater sieht wütend und sogleich besorgt auf sie herab. Aber Emsie weiß, dass sein Zorn nie lange anhält. »Du hast recht … Aber ich habe mich dazu einfach nicht in der Lage gefühlt.«

Leron atmet entnervt aus. »Na ja, es ist ja noch einmal alles gut gegangen.«

Ida setzt sich zu ihr aufs Bett und streicht ihr vorsichtig über die Stirn. »Bleib morgen lieber im Bett, Tochter. Vielleicht hast du eine Gehirnerschütterung. Deine Wangen sind ja ganz rot. Hast du Fieber?«

Emsie schüttelt hastig den Kopf. »Nein, ich denke, ich brauche nur etwas Schlaf, dann geht es mir bestimmt bald besser.« Ihr Mutter nickt, sieht aber nicht sonderlich überzeugt aus.

»Zur Sicherheit lasse ich morgen den Heiler kommen ... Ich bin stolz auf dich Emsie, du hast heute gut gekämpft.«

Die junge Frau kämpft zusehends mit ihrem schlechten Gewissen. *Wenn Vater und Mutter von meiner Beziehung zu Ferran erfahren, werden sie mich bestimmt wegschicken. Vielleicht auf eine Militärakademie am anderen Ende des Landes, bis sie einen Mann für mich ausgewählt haben.*

Die junge Frau weiß, dass eine Verbindung zum Königshaus für das niedere Adelsgeschlecht undenkbar ist. Außerdem will sie sich gar nicht vorstellen, was der König tut, wenn er erfährt, dass sein Sohn sich mit jemanden wie ihr eingelassen hat. Wäre Emsie nur ein einfaches Bauernmädchen, würde sich wahrscheinlich keiner darum kümmern. Schließlich können die Nachkommenschaften solch einer Liaison, keinen Anspruch auf den Thron geltend machen.

Nachdem sie sich von Emsies halbwegs gesunden Zustand überzeugt haben, ziehen sich ihre Eltern langsam in ihre eigenen Räume zurück. Endlich wieder allein, schwirren der Schwertkämpferin allerlei Gedanken im Kopf herum. Es dauert lange, bis Emsie in einen unruhigen Schlaf fällt.

KAPITEL 9

Ferran betrachtet das kunstvolle Muster auf dem blauen Teppich im Saal der Könige und wartet, dass sein Vater das Wort an ihn und seinen Bruder richtet. Edwin steht neben ihm und blickt trotzig und stur zu König Sigur herüber. Der Kronprinz sieht aus, als hätte er eine lange Nacht mit viel Alkohol hinter sich gebracht. Seine fahle Gesichtsfarbe und die Ringe unter seinen Augen sprechen für sich.

Ferran mustert seinen Bruder verstohlen aus den Augenwinkeln. *Wahrscheinlich war er letzte Nacht wieder sturzbetrunken. Dass er den Kampf gegen Emsie verloren hat und er sie nicht in sein Bett bekommen konnte, war wohl zu viel für seinen Stolz. Wenn er so weiter macht, fällt er irgendwann noch betrunken von seinem Balkon. Würde nicht ich es sein, der dann die Krone erben würde, würde ich ihn nicht davon abhalten.* Ferran räuspert sich und sieht zu der Eingangspforte neben dem Thron herüber.

Zwei Wachleute flankieren den Nebeneingang und stehen mit ihren Schwertern an den Hüften stumm wie zwei Statuen da.

Ich kann mich nicht erinnern, Vater jemals ohne jemanden von seiner Leibgarde gegenübergestanden zu haben. Er traut nicht mal seinen eigenen Söhnen. Der Prinz muss ein zynisches Grinsen unterdrücken. *Und das noch nicht einmal grundlos. Auch wenn er selbst dafür gesorgt hat, dass es so ist.*

König Sigur trommelt ungeduldig auf die Lehne seines vergoldeten Throns und mustert seine beiden Söhne nachdenklich. »Einer von Euch hat mich gestern positiv überrascht. Der andere hat mich abgrundtief enttäuscht.«

Ferran und Edwin sehen zu ihrem Vater auf. Keiner der beiden sagt ein Wort, die Gesichter sind verhärtet und ausdruckslos.

Sigur hebt seine prankenförmigen Hände an und klatsch zweimal. Die Nebenpforte öffnet sich und Serim, der Schwertkampflehrer der Prinzen, tritt ein. Er verbeugt sich tief vor der Königsfamilie.

»Mein König, ihr habt nach mir geschickt?«

Sigur nickt ihm zu und gibt ihm mit einem Zucken seiner Hand zu verstehen, sich wiederaufzurichten. »Serim, Ihr werdet ab heute wieder Ferran trainieren. Edwin erscheint mir für Euren Unterricht nicht zugänglich zu sein, sonst hätte er gestern nicht gegen die Tochter des Schatzmeisters verloren. Was für eine Blamage für die Königsfamilie das doch war!«

Ferran bemerkt, wie sich über Edwins Gesicht ein zynisches Grinsen ausbreitet. Aber seine Mundwinkel zucken, als würde er versuchen einen Wutanfall zu unterdrückt.

Der Schwertmeister blickt zu den beiden Brüdern herüber. »Wie ihr befiehlt, Eure Hoheit. Aber ich denke, Eure beiden Söhne haben gestern gute Kämpfe geliefert. Auch wenn Edwin noch lernen muss, sich in einem Turnierkampf ein bisschen zurückzuhalten.«

Gelangweilt winkt der König ab. »Wie auch immer. Ihr könnt jetzt gehen.«

Als Serim den Saal wieder verlassen hat, kehrt erneut Stille in dem großen Raum ein.

Sigur mustert seine Söhne von Kopf bis Fuß, dann zieht er einen Dolch aus der Scheide, die an seinem Gürtel hängt.

»Strafe für den Verlierer und Macht für den Gewinner. Es wird Zeit für die ‚Erinnerung der Narben'. Mögen sie uns an unsere Fehler erinnern und daran, es das nächste Mal besser zu machen.« Er streckt Ferran die Waffe entgegen. »Du weißt, was du zu tun hast, mein Sohn.«

Der junge Prinz starrt auf den Dolch in den Händen seines Vaters und nickt. Natürlich kennt er die Regeln dieses Spiels. Er hat es schon oft genug gespielt. Ferran spürt weder Mitleid noch Unwillen in sich aufkommen. *Was würde es auch bringen? Vater bekommt immer das, was er will. Das ist schon immer so gewesen.* Er bemerkt wie ihn eine eisige Gleichgültigkeit erfasst. *Es ist wie damals, als ich Vaters ehemaligen Schatzmeister enthauptet hatte. Es hatte mich nicht berührt. Nicht mal ein kleines bisschen.* Er hebt die Hand und greift nach dem Dolch. Die schmucklose Waffe besitzt einen rauen Griff und eine silbern schimmernde Klinge. Er dreht sich zu Edwin um, der ihm mit dämonisch dunklen Augen entgegenblickt. Ohne den Blick abzuwenden, beginnt der Kronprinz den Ärmel seines Wamses hochzukrempeln. Er streckt den nackten Unterarm demonstrativ zur Seite aus.

»Wehe, du versaust mir meine Kleidung, Bruder.« Er grinst ihn grimmig an.

Ferran geht zu ihm herüber und betrachtet kurz die alten Narben auf dessen Haut, die von alten ‚Spielen‘ zurückgeblieben waren. *Ich frage mich, wer von unseren Vorfahren sich diese barbarische Art der Erinnerung eigentlich ausgedacht hat. Aber eigentlich spielt das keine Rolle…* Er setzt die Klinge an Edwins Arm an. Die Schneide ist so scharf, dass allein durch das Auflegen bereits ein feiner Schnitt entsteht. Ein dünnes Rinnsal an Blut läuft aus der oberflächlichen Wunde. Er will gerade beginnen, mehr Druck auszuüben, als ihm auf einmal ein Gedanke durch den Kopf schießt. Ferran hält plötzlich inne. *Wäre Emsie nicht gewesen, wäre wahrscheinlich ich es nun, der an Edwins stelle stünde. Oder auch nicht, weil ich mich der Fluch mittlerweile in Stein verwandelt hätte. Warum hat sie mir geholfen? Weil ich es ihr befohlen habe. Aber das, was letzte Nacht passiert ist … Was hat mich nur dazu gebracht? Warum ausgerechnet Sie?* Der Gedanke lässt ihn kurz zögern.

König Sigur bleibt das nicht verborgen. »Los Ferran, mach schon. Du weißt, wie ungeduldig ich bin.«

Edwin schüttelt daraufhin den Kopf und nimmt Ferran kurzerhand die Waffe aus der Hand.

Überrascht sieht der junge Prinz zu seinem Bruder auf.

»Das reicht jetzt. Wenn du es nicht tust, mache ich es eben selbst.«

Ohne zu zögern, schneidet sich Edwin in das Fleisch seines Unterarms. Blut strömt aus dem langen Schnitt und tropft auf den blauen, mit roten Flecken übersäten Teppich.

Ferran fällt auf, dass sie an genau der Stelle stehen, an der er vor ein paar Wochen Abrax Schnellwasser getötet hatte. Als er wieder aufsieht, blickt er in das schaurig grinsende Gesicht seines Bruders.

Edwins sardonisches Lachen hallt auf einmal durch den leeren Saal.

Ferran beobachtet ihn dabei eher irritiert als überrascht.

Sigur fährt empört von seinem Thron auf. »Edwin! Wie kannst du es wagen! Hast du keinen Respekt vor der Tradition?«

Der Thronfolger lässt den blutverschmierten Dolch mit einem schaurigen Lächeln zu Boden fallen. »Aber Vater, das ist es doch, was du wolltest, oder etwa nicht? Fehler kosten Blut. Waren das nicht deine eigenen Worte?«

Unschlüssig steht der König kurz da, dann schüttelt er den Kopf. »Du scheinst nicht zu verstehen, warum es hier geht, Edwin.« Mit zornigem Blick winkt er den Wachen zu. »Bringt meine Söhne wieder auf ihre Zimmer. Edwin hat bis auf Weiteres in seinen Gemächern zu bleiben, um über sein Fehlverhalten nachzudenken. Und schickt später die Heilerin zu ihm. Tod nutzt er mir nichts.«

Als die Soldaten die beiden Prinzen aus dem Saal hinausgeleiten, hört Ferran seinen Bruder vor sich hinmurmeln: »Als ob das einen Unterschied machen würde. Wir werden doch sowieso ständig überwacht.«

Der junge Prinz sieht kurz zu ihm herüber.

Edwin hat sein Taschentuch auf die Wunde gepresst und das dämonische Grinsen scheint ihm auf dem Gesicht eingefroren zu sein.

Der Anblick macht Ferran wütend. Überrascht über sich selbst schüttelt er den Kopf. *Was soll das ... Habe ich etwa Mitleid mit Edwin? Oder bin ich wütend auf Vater?* Die Emotion löst sich wieder in nichts auf und der Prinz ist sich nicht mehr sicher, was er überhaupt gefühlt hatte. Das Einzige, was bleibt, ist ein metallischer Geschmack, in seinem Mund.

Die Leibwache seines Vaters begleitet ihn so lange, bis er in seinem Zimmer angekommen ist. Ferran hört, wie sie, wie jeden Abend, hinter ihm die Tür verriegelt und läuft zu seinem Kamin herüber. Ein Feuer brennt darin. Selbst im Sommer ist es hinter den dicken Mauern der Burg angenehm kühl, jedoch nicht so sehr, dass man ein Feuer bräuchte. Aber Ferran mochte es, die züngelnden Flammen zu beobachten. Daher hatte er die Diener angewiesen, ab dem späten Nachmittag seinen Kamin zu befeuern. Jetzt starrt er auf die brennenden Holzscheite und spürt erneut diese ungerichtete Wut in sich aufkommen. Diesmal noch stärker als vorhin. Seine Finger umklammern den Kaminsims, dass die Knöchel weiß hervortreten. *Das Leben hier ist ein endloses Verbrennen. Ich frage mich, wie ich immer noch bei Verstand bleiben kann. Aber wer weiß, vielleicht habe ich ihn ja bereits verloren? Weiß der Wahnsinnige das er wahnsinnig ist?*

Er starrt weiter in die Flammen. Je länger er sich konzentriert, desto mehr kommt es ihm vor, als würde sich darin etwas formen. Eine Kreatur, die langsam zum Leben erwacht und versucht, sich aus den Qualen des Feuers zu erheben. Doch die Flammen halten es wie Fesseln an Ort und

Stelle gebunden. Ferran schließt schnell die Augen und schüttelt den Kopf. *Ich fange schon an zu halluzinieren.* Als er sie wieder öffnet, sieht er nur Flammen, die um die Holzscheite züngeln. *Warum musste ich vorhin ausgerechnet an sie denken?* Seine Gedanken schweifen zu letzter Nacht und ein leichtes Lächeln zieht sich über sein Gesicht. *Sie bringt mich zur Weißglut, und doch ist da etwas an ihr, dass mir keine Ruhe lässt. Jemanden wie sie habe ich noch nie getroffen. Ich fühle mich besser, wenn Emsie bei mir ist. Vielleicht taucht deswegen ihr Gesicht immer wieder in meinen Träumen auf. Komisch, dabei konnte ich mich vor Kurzem noch überhaupt nicht an meine Träume erinnern.*

Er schlendert hinüber zu einem mit blauem Stoff bezogen Sofa und setzt sich. Erschöpft öffnet er denn aufgestellten Kragen seines Wamses. *Ob sie heute Nacht auf dem Kampfplatz auf mich warten wird?* Ferran seufzt. *Was denke ich da überhaupt? Als würde das eine Rolle spielen. Wenn Vater davon Wind bekommt, werde ich mehr als nur etwas Blut verlieren.* Der Prinz lacht kurz hysterisch auf, wird aber auf einem Schlag wieder ernst. *Am besten bleibe ich einfach, wo ich bin. Was kümmert es mich, ob sie auf mich wartet oder nicht?* Er fährt sich über den Kopf und streift sich dabei ein paar gelöste Haarsträhnen aus dem Gesicht. *Warum kann ich dann nicht aufhören, an sie zu denken? Was machst du aus mir Emsie? Warum kann ich dich nicht übersehen, wie jeden anderen auch?*

KAPITEL 10

Als Rana Emsie am nächsten Tag besucht, ist die junge Frau gerade erst aus dem Bett gekrochen. Die Sonne steht bereits hoch am Himmel und Emsie wird erst jetzt richtig bewusst, dass sie gestern wohl doch erschöpfter war, als sie es sich eingestanden hatte. Wenn sie an den vergangenen Abend denkt, muss sich unwillkürlich lächeln. *Nie im Leben hätte ich das voraussehen können! Wenn ich ehrlich bin, verstehe ich immer noch nicht, wie das überhaupt passieren konnte.*

Erst als Emsie aufsieht, fällt ihr wieder ein, dass sie nicht allein ist. Rana blickt sie forschend an, dann lacht sie verschmitzt.

»Irgendetwas ist doch gestern passiert, habe ich recht? Irgendetwas Schönes, so wie du immer wieder grinst … Du hast jemanden getroffen, habe ich recht?!« Aufgeregt sieht die aufwendig zurechtgemachte Frau zu ihr herüber. Beide sitzen sie wieder in den Sesseln vor der Feuerstelle in Emsies Zimmer und trinken Tee.

»Ich weiß nicht, wovon du redest …«

»Oh nein, ich kenne diesen Gesichtsausdruck! Wer ist es? Kenne ich ihn?«

Unfreiwillig wird die Schwertkämpferin rot. »Ich … Will nicht darüber reden.«

Ein wissender Ausdruck macht sich auf Ranas Gesicht breit. »Eine geheime Liebe also. Jemand nicht Standesgemäßes. Hast du dich etwa in den Stallburschen vom Schloss verliebt? Ich weiß er sieht nicht schlecht aus, aber …«

Emsie seufzt. Es ist schwer, vor ihrer adligen Freundin etwas zu verbergen. »Wenn es nur so jemand wäre …«

»Wusste ich es doch! Erzähl schon, wie ist er so? Ich werde dich nicht zwingen, irgendwelche Namen zu nennen.«

Die junge Frau zuckt die Achseln. »Er ist ein ziemlicher Sturkopf und ein richtiger Zyniker. Er behandelt einen recht kühl und gibt vor, sich für nichts anderes zu interessieren als für sich selbst.«

Ihre Freundin zieht ungläubig die Augenbrauen nach oben. »Das klingt ... furchtbar, Emsie.«

Sie lacht auf. »Nicht wahr? Aber er hat auch seine guten Seiten ...«

Rana lächelt wissend. »Wann siehst du ihn wieder?«

»Heute Nacht ...«

»Wie spannend! Du musst mir auf jeden Fall davon erzählen!« Sie zwinkert ihr verschwörerisch zu.

»Ihr was erzählen?«

Die beiden Frauen drehen sich überrascht zu der Quelle der Stimme um. Kandell steht im Türrahmen und sieht grinsend zu ihnen herüber.

»Bruder! Kannst du nicht klopfen?«

»Tut mir leid, aber ich wollte mit dir reden, Emsie. Es ist dringend.«

Die junge Frau blickt entschuldigend zu ihrer Freundin herüber. Diese zuckt nur mit den Achseln. »Ich wollte sowieso gerade gehen. Wir hören voreinander, Emsie.« Rana macht vor Kandell einen Knicks, dann huscht sie auch schon hinaus.

»Was willst du von mir?« *Wie lange hat er uns schon belauscht? Ob er irgendetwas von unserem Gespräch mitbekommen hat?*

Der Magierschüler schlendert gelassen zu ihr herüber und setzt sich auf Ranas verwaisten Platz. »Ich wollte dich um etwas bitten, Emsie ...«

Die junge Frau atmet hörbar auf. »Ach? Und was ist es, dass du so dringend brauchst?«

»Du triffst doch hin und wieder den jungen Prinzen auf dem Übungsgelände, oder?«

»Ja, manchmal schon ...«

»Könntest du ihn bitten, mich noch einmal in den Arbeitsraum seines Hofmagiers zu lassen? So ein gut ausgestattetes Labor, durfte ich bis jetzt noch nie betreten! Wir Lehrlinge bekommen nur Sachen von minderer Qualität für unsere Arbeiten. Wahrscheinlich um Geld zu sparen. Und ich muss ein wichtiges Projekt für die Novizenprüfung bald abgeben ...«

Emsie kommt plötzlich ein Gedanke. »Natürlich, aber du weißt ja, eine Hand wäscht die andere, Bruder ...«

Er sieht überrascht zu ihr auf. »Was willst du?«

Die Schwertkämpferin grinst. »Nur einen einfachen Tarnungszauber. Und keine Fragen.«

Emsie betrachtet neugierig die schlafende Illusion von ihr, die ihr Bruder erschaffen hatte. Sogar die Bettdecke über der magischen Doppelgängerin, hebt und senkt sich, als würde sie tatsächlich atmen. *So wird niemand auf die Idee kommen, ich würde nicht artig in meinem Bett liegen.* Die Sonne ist seit einer Stunde unter gegangen und so langsam machte sich die junge Frau bereit. Sie lässt ihre Hose und ihr dunkelgrünes Hemd unter einem schwarzen Umhang verschwinden. Ihr Schwert hängt verborgen an ihrer Hüfte. Geschickt klettert Emsie aus ihrem Dachfenster und lässt sich lautlos von dem Vorsprung herabsinken. Eilig passierte sie die dunklen Gassen und versucht möglichst jedem der zwielichtigen Gestalten, die jetzt noch unterwegs sind, aus dem Weg zu gehen.

Die Schwertkämpferin trifft als Erste auf dem Übungsplatz ein. Ferran kann sie nirgendwo entdecken. Emsie wartet eine Weile, angelehnt an einem der Übungspfosten und versucht, nicht darüber nachzudenken, was sie hier gerade tut. Leider ohne Erfolg. *Vielleicht hat er es sich ja anders überlegt? Vielleicht ist er einfach vernünftiger, als ich es bin.* Sie seufzt laut. *Oder es hat ihm nicht das Gleiche bedeutet wie mir ...*

Auf einmal hört Emsie etwas rascheln, dann taucht vor ihr plötzlich eine Gestalt aus der Dunkelheit auf. Der junge Prinz kommt auf sie zu, sichtlich außer Atem und mit einem gehetzten Gesichtsausdruck. Immer wieder dreht er sich um, als würde er verfolgt werden.

»Ferran ... Ist alles in Ordnung?«

»Nein. Wir sollten schnell hier verschwinden.«

Noch bevor Emsie die Chance bekommt, auf das Gesagte zu reagieren, fasst er ihre Hand und zieht sie mit sich. Die Selbstverständlichkeit, mit der er sie berührt, bringt ihre Gedanken kurz durcheinander.

»Wo gehen wir hin?«, flüstert sie. »Hat dich jemand verfolgt?«

Er schüttelt im Gehen den schwarzen Haarschopf. »Ich weiß es nicht ... Aber zur Sicherheit, kein Wort mehr!«

Unwillkürlich sieht sich die Schwertkämpferin genauer um, kann aber nichts Ungewöhnliches entdecken.

Emsie fragt sich nach einer Weile, wohin der Prinz sie wohl führen wird. *Auf jeden Fall bewegen wir uns in Richtung Burg.* Die junge Frau kann vor ihnen im Schein des Mondes, die Spitze der Türme sehen, denen sie langsam, aber stetig näherkommen. Sie weiß, dass das Waldstück, durch das sie gerade laufen, die gesamte Burganlage umringt. Der Übungsplatz befindet sich genau zwischen der Stadt und dem Aufgang zur Festung.

Plötzlich bleiben sie vor einer massiven Gesteinsmauer stehen. Diese ist so stark mit Efeu und anderen Pflanzen bewachsen, dass Emsie das Bauwerk darunter fast nicht aufgefallen wäre. *Das muss die Mauer der Burg sein!*

Ferran schiebt das Gestrüpp zur Seite. Eine schmale Öffnung taucht dahinter auf.

Ein Geheimgang?! »Ferran ...«

»Sei still.«

Emsie bläst beleidigt die Backen auf. *Er ist so herrisch wie immer. Warum hätte ich auch etwas anderes erwarten sollen?*

Sie betreten einen schmalen, aus hellem Sandstein gemauerten Gang. Eine Fackel hängt an der Wand und erleuchtet einen Teil des Weges vor ihnen. Der Prinz nimmt sie aus der Halterung und gemeinsam laufen die beiden durch ein Labyrinth von Gängen.

Irgendwann wird es Emsie langsam unheimlich. »Jetzt sag mir schon, wo wir hingehen!«

Ferran bleibt stehen und dreht sich genervt zu ihr um. »Zu mir. Einer der Geheimgänge führt zu meinem Zimmer.« Er zieht sie weiter.

Emsie ist sprachlos. *Er bringt mich in seine Gemächer?*

Bald darauf gelangen sie an eine Sackgasse und Emsie blickt abwartend zu ihm auf. »Hast du dich verlaufen, Prinz?«

Er schenkt ihr ein zynisches Grinsen und hängt die Fackel in einen dafür vorgesehenen Halter. Dann drückt Ferran mit der Hand gegen eine Stelle an der Steinwand. Eine Geheimtür öffnet sich. »Ich verirre mich nicht.«

Emsie rollt sarkastisch mit den Augen. »Wie konnte ich es nur wagen, an Euch zu zweifeln, Prinz Ferran von Chrandos!«

Sie läuft an ihm vorbei und drückt ihm dabei frech einen Kuss auf die Wange. Zufrieden registriert die junge Frau einen überraschten Ausdruck auf dem Gesicht des Königssohns.

Die Schwertkämpferin durchschreitet den Zugang als erste und findet sich in einem prunkvoll eingerichteten Raum wieder. Möbel und Wandvertäfelungen aus dunklem, glänzendem Holz geben dem Zimmer eine gewisse Schwere. Sessel und Sofa sind mit einem hellen Stoff bezogen, der aufwendig mit rankenden Mustern bestickt worden ist. In einem kunstvoll verzierten Kamin knistert leise ein Feuer vor sich hin. Auf dem Himmelbett in der Mitte des Raums liegen feinsäuberlich angeordnete Kissen in blauen und goldenen Farben. Der Tisch weiter hinten ist gedeckt mit einem silbernen Kandelaber, einer Flasche Wein und einem Kuchenständer, auf dem kunstvoll drapiertes Gebäck liegt. Mit offenem Mund steht die junge Frau da und betrachtet das luxuriöse Zimmer vor ihr.

»Ich glaube, dein Raum ist so groß wie unsere gesamte obere Etage.« Während sie den Blick schweifen lässt, bemerkt sie, dass sie nicht einen persönlichen Gegenstand von Ferran hier findet. Dann entdeckt sie ein in Leder gebundenes, flaches Buch auf kleinen runden Tisch. Die Schwertkämpferin läuft herüber und schlägt es neugierig auf. Ein schwarzer Vogel ist auf dem weißen Papier gezeichnet worden. Er wirkt, als würde er jeden Moment zum Leben erwachen und davonfliegen. Bewundernd betrachtet Emsie das Werk.

»Du zeichnest?«

Der Prinz läuft eilig zu ihr herüber und zieht ihr mit einem genervten Gesichtsausdruck den Skizzenblock aus den Händen.

»Das ist privat.«

Emsie mustert Ferran eingehend. *Ist ihm das etwas peinlich?* »Das ist wirklich ziemlich gut! Ich wünschte, ich könnte auch so etwas. Aber irgendwie habe ich nur Talent für die Schwertkunst.«

Als er sie immer noch mit verstimmtem Blick mustert, senkt Emsie unsicher die Augen. »Ähm … Es tut mir leid, wenn ich zu weit gegangen bin?«

Er seufzt, geht hinüber zum Esstisch und schenkt sich ein Glas Wein ein. Belustigt beobachtet die junge Frau ihn dabei.

»Eigentlich bietet man einem Gast normalerweise zuerst etwas an.«

»Ich sehe keinen Gast, nur eine verzogene kleine Göre.«

Emsie muss grinsen. Mit einem gespielt beleidigten Gesichtsausdruck schlenderte sie zum ihm herüber und nimmt ihm das Weinglas aus der Hand. Sie nippt daran und verzieht den Mund.

»Den kannst du behalten! Der schmeckt ja furchtbar trocken.« Sie gibt es ihm rasch wieder zurück.

Jetzt ist es Ferran, der lächeln muss.

»Warum hast du mich hierhergebracht?«

»Hier sind wir ungestörter. Außerdem werde ich hier nicht gezwungen, aus einem Fenster zu klettern und mir dabei fast den Hals zu brechen.«

Emsie sieht empört zu ihm auf und ihre Blicke treffen sich für einen Moment. Für ein paar Sekunden sehen sich die beiden forschend an. Dann, plötzlich, fällt Emsie Ferran in die Arme. Der überraschte Prinz verschüttet dabei fast den Wein in seiner Hand.

»Ich habe dich schrecklich vermisst, weißt du? Und dabei habe ich dich anfangs überhaupt nicht ausstehen können ...«

Ferran stellt das Weinglas auf dem Tisch hinter sich ab und drückt die Frau in seinen Armen fest an sich.

»Ich weiß.«

Der Prinz hebt sie an und setzt sie auf die Tischplatte direkt hinter sich ab. Dann küsst er Emsie stürmisch und voller Leidenschaft.

Immer wenn ich ihn sehe, fühlt es sich an, als würde ich in ein bodenloses Loch fallen. Aber statt Angst zu haben, kann ich es jetzt kaum erwarten, unten anzukommen. Ich frage mich, seit wann das so ist. Emsie drückt sich enger an ihn heran und sie beginnen sich gegenseitig ihrer Kleidung zu erledigen. Die Weinflasche und das Glas auf dem Tisch beginnen in einem immer schneller werdenden Rhythmus zu erzittern.

Wie sie in das große Himmelbett gekommen ist, kann Emsie nicht sagen. Sie muss kurz eingenickt sein, denn als sie aus der offenen Balkontüre sieht, scheint von draußen der Vollmond herein und taucht alles in ein silbriges Licht. Emsie ist allein. Suchend blickte sie sich um, kann Ferran aber nirgendwo entdecken.

Nur in eine dünne Decke gehüllt, steht sie auf und tritt hinaus auf dem Balkon. Ein frischer Wind weht ihr entgegen und streift sanft über ihre nackte Haut. Als sie sich umblickt, sieht sie den Königssohn, wie er an einen Wasserspeier gelehnt, auf der Brüstung sitzt. Seine Füße baumeln über dem Abgrund, während er nachdenklich die Lichter der Stadt betrachtet. Das sanfte Mondlicht fällt auf seinen nackten, durch den Schwertkampf geformten Körper.

»Ist das ein weiteres Hobby von dir? Nackt im Mondlicht zu baden?«

Er sieht mit undeutbaren Blick zu ihr herüber.

»Was ist los? Kannst du nicht schlafen?« Sie geht mit roten Wangen zu ihm herüber und versucht, ihn nicht zu direkt anzustarren. »Hast du keine bedenken, dass dich hier jemand sieht?«

»In diesem Teil der Burg wohne nur ich. Und um diese Zeit sind nur die Soldaten hier, die am Fuß der Treppe zu meinem Zimmer wache halten.«

»Um dich zu beschützen oder dich einzusperren?«

Sein Blick gleitet von ihr wieder zur Stadt herüber. »Ich erkenne den Unterschied schon lange nicht mehr.«

Die junge Frau sieht nachdenklich auf den Prinzen herab. Dann nimmt sie seine Hand und führt ihn wieder hinein, rüber zum Bett. Ferran zieht ihr dabei die Decke vom Körper und lässt fasziniert den Blick über sie gleiten. Emsie drückt ihn nach hinten auf die Matratze und streift dabei sein erregtes Glied. Die junge Frau zergeht gleichzeitig vor Verlangen und ungewollter Verlegenheit. Sie sitzt sich auf ihn und schenkt ihm einen Kuss.

Später liegen sie zusammen in dem großen Himmelbett. Die Schwertkämpferin in Ferrans Armen, der gedankenverloren zur Decke starrt.

»Ich wollte dir etwas geben.«

Sie sieht fragend zu ihm auf.

Ferran erhebt sich wortlos, läuft an das andere Ende des mit Kerzenlicht nur spärlich ausgeleuchteten Zimmers und holt einen länglichen Gegenstand aus einem der Wandschränke. Als er näher zu ihr ins Licht kommt, erkennt Emsie, dass es sich um ein Schwert handelt. Der Griff ist kunstvoll aber einfach gehalten und in die grüne Scheide sind seltsam Runen eingeritzt.

»Ist das ...?"

Ferran nickt. »Es ist ein Elfenschwert. Der Preis, den ich als Gewinner des Schwertkampfturniers bekommen habe. Als eigentliche Siegerin steht es dir zu, nicht mir.« Er reicht es ihr.

Mit Ehrfurcht betrachtet sie die Waffe, schüttelt aber dann den Kopf. »Ich kann sie nicht annehmen, Ferran.«

Der junge Prinz zuckt mit den Achseln. »Glaub mir, ich würde es nicht vermissen. Ich besitze selbst einige gute Schwerter.«

Und du hast einen unglaublich schlechten Geschmack, wenn es um das Aussehen deiner Waffen geht. Sie muss bei dem Gedanken lächeln, schüttelt aber erneut den Kopf. »Nein, das meine ich nicht. Selbst wenn ich das Schwert annehmen würde, könnte ich es niemals tragen. Die Menschen haben gesehen, wie du das Schwert bekommen hast, Ferran. Was glaubst du, was passiert, wenn ich es auf einmal trage? Das würde ziemlich viel unschönen Tratsch geben. Und das wäre dann noch unser kleinstes Problem.«

Ein kurzer Moment der Stille entsteht, dann nickt er. »Du hast recht.« Er legt es auf den Nachttisch neben sich ab.

Die junge Frau sieht gequält zu ihm herüber. »Was tun wir hier eigentlich?«

Ferran mustert sie abschätzig. »Ich weiß, was du andeuten willst, Emsie. Und ich habe keine Antwort darauf. Denkst du, ich habe das geplant? Dass ich ...«

»Was?« Sie zieht plötzlich verärgert die Augenbrauen zusammen. »Dass du dich mit jemandem wie mir einlassen würdest? Jemand, der so weit unter dir steht?«

Er blickt sie eindringlich an. »Nein. Ich habe nicht geplant, dass ich dich nicht mehr aus dem Kopf bekomme.«

Emsies Wangen färben sich rot und sie weicht seinem direkten Blick aus.

»Oh ...«

»Und ...«, setzt Ferran an.

»Was und?« Sie blickt gespannt zu ihm auf.

»Ich habe keine Ahnung, was wir tun sollen.« Er sieht sie mit so viel Verzweiflung an, dass sie einen Kloß im Hals spürt.

KAPITEL 11

»Findest du nicht auch, Emsie?«

Die Schwertkämpferin blickt erschrocken auf. Erst jetzt wird ihr wieder bewusst, dass sie sich in Gesellschaft befindet. Vor ihr sitzen ihre Eltern und ihr Bruder, im Speisesaal ihres Hauses und sehen sie erwartungsvoll an. Der Tisch ist reichlich mit allerlei Gerichten gedeckt und Leron hat sogar eine Flasche seines besten Weins öffnen lassen, der nun die Gläser vor ihnen füllt. Emsie weiß, dass sie langsam auf die Frage ihrer Mutter reagieren muss, wenn sie nicht zugeben will, dass sie bei ihren Gedanken gerade ganz woanders ist. Wobei ihr das leicht spöttische Grinsen von Kandell zeigt, dass ihm Emsies geistige Abwesenheit bereits durchaus aufgefallen ist. Bevor sie etwas sagen kann, ergreift er das Wort.

»Meine Schwester denkt bestimmt genauso wie ich. Nach meiner bestandenen Novizenprüfung bin ich noch lange kein erfahrener Magier. Und es wird noch lange dauern, bis ich den Meistergrad erreichen werde. Aber ab heute werde ich endlich lernen, das Wesen meiner Magie zu offenbaren. Ich bin gespannt, was es wohl sein wird. Vielleicht werde ich ein Veränderungsmagier und kann Einfluss auf die physische Welt nehmen oder als Zeitmagier in die Zukunft sehen, oder ...«

Leron fällt ihm ins Wort. »Wie ich gehört habe, dauert es recht lange, bis ein Magier seine Ausbildung abgeschlossen hat.«

Ihr Bruder zuckt mit den Achseln. »Mit hartem Training und Talent sind es vielleicht noch 10 oder 15 Jahre. Aber stell dir doch mal vor Vater, was ich dann alles tun könnte! Kein

Vergleich zu den Dingen, die ich jetzt kann. Einfache Illusions- oder Suchzauber werden Taschenspielertricks dagegen sein!«

Die Schwertkämpferin stochert währenddessen gedankenverloren auf ihrem Teller herum. Merkwürdigerweise hat sie heute keinen richtigen Appetit. »Mal sehen, ob du so lange durchhältst. Wie ich gehört habe, brechen die meisten irgendwann ab, weil es zu schwierig ist und es ihnen zu lange dauert. Die meisten vollwertigen Magier und Magierinnen sind nicht umsonst oft alte Leute.«

Emsie bekommt daraufhin einen tadelnden Blick von Ida und zuckt entschuldigend mit den Achseln.

»Alles in kleinen Schritten, Emsie. Dein Bruder hat die erste Hürde auf seinem Weg gemeistert, das sollten wir gebührend anerkennen.«

Die Schwertkämpferin mustert Kandell mit einem sarkastischen Lächeln. »Na ja, solltest du zum Beispiel ein Artefaktmagier werden, könntest du mir ja mein Schwert verzaubern. Das wäre mal etwas wirklich hilfreiches.«

»Natürlich Emsie. Aber nur, wenn ich nicht zu beschäftigt bin, all das Geld zu zählen, dass ich als Artefaktmagier, mit dem Verkauf von Talismanen oder Magiespeicher machen werde.« Ihr Bruder grinst ihr neckisch zu, während Emsie nur mit den Augen rollt.

Ihre Eltern blicken sich vielsagend an und müssen, belustigt von dem Verhalten ihrer Kinder, amüsiert schmunzeln.

Ida mustert ihren Sohn genauer. »Wo wir von Magiespeicher reden … Ist der Stein um deinen Hals dafür gedacht?«

Kandell sieht zu ihr und nickt. »Dir entgeht wie immer nichts. Ich habe ihn zu meiner bestandenen Prüfung bekommen. Ich werde lernen, meine magische Energie darin zu speichern, um meine Zauber noch machtvoller werden zu lassen. Nach dem Fest der Toten beginnt der nächste Abschnitt meiner Ausbildung.«

Emsie blickt überrascht auf. »Das Fest der Toten! Ich hatte es ganz vergessen! Morgen ist es schon so weit ...« Die Schwertkämpferin blickt fragend zu ihrer Mutter herüber. »Das ist das erste Mal, dass wir das Fest nicht in Zirondiil feiern. Wie wird es hier sein? Werden die Menschen hier auch mit geschnitzten Masken durch die Straßen zu den Baumgräbern ziehen, um die Waldgötter zu überreden, die Geister der Verstorbenen für eine Nacht ins Diesseits zu lassen?«

Ida, die gerade einen Schluck aus ihrem Weinglas genommen hat, nickt ihr bestätigend zu. »Das Fest wird überall in Chrandos gefeiert. Wenn ich auch das Gefühl habe, dass es immer mehr zu einem riesigen Saufgelage verkommt. Und die Tatsache, dass alle Masken tragen, macht das Ganze nicht gerade besser. Kaum einer glaubt noch an die alten Götter des Waldes.« Sie blickt vielsagend zu Leron herüber. »Allerdings sind die Dinge in Schwarzerden etwas anders als in Zirondiil.«

Emsie bekommt einen fragenden Gesichtsausdruck. »Anders? Warum?«

Kandell blickt sie überrascht an. »Du weißt es nicht?

Ungeduldig sieht sie zu ihrem Bruder herüber. »Was weiß ich nicht?«

»In der Stadt des Königs wird das Fest der Toten nicht so gefeiert, wie es sonst üblich ist.«

»Und Warum?«

Leron blickt tadelnd zu Ida herüber. »Da siehst du, was dabei herauskommt, wenn du in ihrer Ausbildung den Schwertkampf in den Vordergrund stellst. Das Kind sollte mehr über Geschichte lernen und sich nicht nur damit beschäftigen, wie man eine Klinge führt.«

Ein genervter Seitenblick seiner Frau lässt Leron verstummen. Emsie ignoriert die Bemerkung ihres Vaters. Stattdessen sieht sie ihren Bruder auffordernd an, weiterzusprechen.

»Morgen ist der Tag, an dem Madrin, die Königin von Chrandos starb. Hier in Schwarzerden ist der Tag der Toten deshalb nur so etwas wie ein halber Feiertag. Eine Kommilitonin von mir hat mir erklärt, dass die Bewohner nach draußen vor die Stadt zu den Baumgräbern ziehen, um dort zu feiern. Der Grabhügel der Könige neben der Burg ist dann nur den Mitgliedern der Königsfamilie vorbehalten.«

»Und warum ist sie gestorben?«

Kandell grinst sie belustigt an. »Du solltest wirklich mal ein Geschichtsbuch lesen, Emsie. Das weiß doch wirklich jeder. Sie starb bei der Geburt ihres zweiten Kindes, Prinz Ferran von Chrandos.«

Die Schwertkämpferin senkt schnell den Blick, damit ihre Familie nicht den überraschten Ausdruck in ihrem Gesicht bemerkt. Zu ihrem Glück wendet sich das Thema ihres Gesprächs schon bald wieder etwas anderem zu.

Ferran hat mir davon nichts erzählt. Er redet nie über sich ... Aber vielleicht dachte er auch, ich wüsste darüber Bescheid ...

Als sie sich in der Dunkelheit auf dem Übungsplatz umsieht, bemerkt Emsie, dass sie bereits erwartet wird. Etwas löst sich aus dem Schatten der Bäume am Rand des Platzes und kommt zu ihr herübergelaufen. Ihr Herz beginnt schneller zu schlagen.

Als Ferran langsam vor ihr zum Stehen kommt, mustert er sie schweigend.

»Hallo«, begrüßt ihn Emsie.

Der Prinz überkreuzt die Arme vor der Brust. »Du bis heute später dran als sonst.«

Die Schwertkämpferin ist von dieser direkten Frage kurz überrascht. »Wir haben die bestandene Novizenprüfung meines Bruders gefeiert. Und ...« Kurz zögert Emsie. Während sie die nächsten Worte spricht, behält sie Ferran genau im Auge. »Und später haben wir uns noch über die Vorbereitungen zum Fest der Toten unterhalten.« Plötzlich bemerkt sie, wie sich die ganze Haltung des Prinzen auf einen Schlag verändert. Sein Blick strahlt Ablehnung aus.

Fragend sieht Emsie zu ihm auf. »Was ist los? Ist irgendetwas?«

»Wirst du hingehen?«

»Was?«

Er blickt sie genervt an. »Zum Fest der Toten.«

Emsie nickt. »Ja. Es ist eines meiner liebsten Feste. Und da wir alle Masken tragen werden, dachte ich ...«

»Was dachtest du?«

Sie blickt peinlich berührt zu Boden. »Dass wir vielleicht zusammen dorthin gehen könnten. Aber dann habe ich heute Abend von Kandell erfahren, dass das Königshaus an diesem Tag um die verstorbene Königin trauert. Sicherlich seid ihr alle beim Grab der Könige.«

»Nein.«

Emsie sieht erschrocken auf. Die Kälte in Ferrans Stimme ist schneidend wie ein Schwert. »Ich bin an diesem Tag anderweitig beschäftigt.«

»Anderweitig beschäftigt?«

»Wir bekommen adligen Besuch aus Shá. Der Herzog reist mit seiner Tochter an. Leider will Vater, dass ich mich um sie kümmere.«

»Und aus einem bestimmten Grund, nehme ich an.«

Ferran antwortet ihr nicht und Emsie muss seufzen. »Was ist mit dem Grab deiner Mutter? Wirst du es besuchen?«

Der Prinz sieht sie verstimmt an. »Nein. Aber ich wüsste auch nicht, warum ich das Grab einer Fremden besuchen sollte.«

»Was?«

Ferran schüttelt den Kopf. »Du würdest es nicht verstehen.«

Sie zieht genervt die Augenbrauen zusammen. »Weil du es mir nicht erzählst! Ich kann deine Gedanken nicht lesen Ferran, auch wenn ich es gerne würde.«

Für nur einen Moment sieht sie ein kurzes Zögern in seinem Gesicht aufblitzen, doch dann wird sein Blick wieder kalt und hart wie Eis.

»Das würdest du nicht wollen, Emsie. Glaub mir.« Dann dreht er sich um und läuft einfach davon.

Sie starrt ihm wütend und fassungslos hinterher. »Es würde dir nicht schaden, dich einmal mehr zu öffnen, Ferran! Das kannst du MIR glauben! ICH werde morgen auf dem Fest sein, auch ohne dich!«

Er bleibt stehen und dreht sich noch einmal zu ihr um. »Dann tu das. Ich werde dich nicht davon abhalten.«

Sie blicken sich gegenseitig zornig an, dann wendet Emsie sich ab und stapft aufgebracht davon. *Dieser verfluchte, eigensinnige, engstirnige und hochnäsige Idiot! Ich werde kein einziges Wort mehr mit ihm reden, wenn er sich nicht entschuldigt.* In ihrer Wut kickte sie einen walnussgroßen Stein zur Seite, der daraufhin den Weg hinunter zur Stadt poltert. *Warum kann er mir nicht einfach sagen, was er wirklich denkt? Hat er Angst, dass ich ihn dafür verurteilen würde? Oder verheimlicht er etwas vor mir?*

Am nächsten Tag steht Emsie vor ihrem Fenster, gekleidet in einer langen weißen Robe mit weiten Ärmeln. Ihr dunkelblondes Haar fällt ihr offen über die Schulter. In der Hand hält sie eine hölzerne Maske, die die Form eines

Fuchsschädels besitzt. Das Holz ist mit weißer Farbe bemalt worden und rote Schriftzeichen bedecken die glatt lackierte Oberfläche.

Emsie beobachtet gedankenverloren, wie sich die meisten Anwohner, in ähnlicher Verkleidung wie sie selbst, auf den Weg zu den Gräbern außerhalb der Stadt machen.

»Emsie, was trödelst du denn solange? Wenn du nicht bald kommst, fangen sie ohne uns an. Vater und Mutter sind bereits vorgegangen.«

Kandell steht plötzlich in ihrem Zimmer und Emsie zuckt erschrocken zusammen. Als sie sich umdreht, sieht sie ihn in der gleichen langen weißen Robe gekleidet, wie sie selbst. Auf seinem Gesicht sitzt die Schädelmaske eines Menschen. Ungeduldig blickt er zu ihr herüber.

»Lerne endlich mal zu klopfen, Bruder! Ich komme ja schon.« Emsie zieht sich genervt die Maske auf und stülpt sich die weiße Kapuze über das Haupt. Gemeinsam laufen sie los. Die Laune der Schwertkämpferin ist seit ihrem Streit mit Ferran nur geringfügig besser geworden. Als sie auf ihrem Weg hinaus aus der Stadt sich kurz umdreht und hinauf zur Burg blickt, schüttelt sie leicht den Kopf. *Warum will er nicht das Grab seiner Mutter besuchen? Ist sie ihm etwa egal?*

Sie sind bereits auf halbem Weg zur Stadt raus, als Emsie plötzlich einen Entschluss fasst. Sie hält auf einmal an. Kandell bleibt ebenfalls stehen und blickt seine Schwester fragend an.

»Was ist los, Emsie? Komm schon, wir müssen uns beeilen, sonst verpassen wir noch den Beitrag der Magier zum Fest! Letztes Jahr hat Meister Safran anscheinen einen Trank gebraut, der alle die ihn getrunken haben, unglaublich glücklich gemacht hat. Allerdings war der auch unglaublich schnell vergriffen!«

Emsie sieht von Boden auf und schüttelt den Kopf. »Geh ohne mich, Kandell. Ich glaube, ich habe etwas zu Hause vergessen.«

»Was?«

Die Schwertkämpferin dreht sich um und schlägt, ohne weiteren Kommentar, den entgegengesetzten Weg ein.

Ihr Bruder blickt ihr verwirrt hinterher. »Dann beeil dich, Emsie! Wir sind sowieso schon spät dran!«

Doch Emsie hört ihn schon nicht mehr. Sobald ihr Bruder außer Sichtweite ist, schlägt sie den Weg hoch zur Burg ein. *Wenn sie Besuch haben, wird das Grab der Könige wahrscheinlich nicht von der Königsfamilie besucht werden. Sicherlich stört es niemanden, wenn ich einen kurzen Blick riskiere.*

Als Emsie eine dunkle Gasse als Abkürzung wählt, stößt sie fast mit jemandem zusammen. Im letzten Moment kann die Schwertkämpferin eine Vollbremsung einlegen. Als Emsie aufblickt, sieht sie plötzlich in das runzelige Gesicht einer alten, zahnlosen Frau. Erschrocken weicht die Schwertkämpferin unweigerlich ein Stück zurück. Sie braucht einen Moment, um zu erkennen, dass es sich bei dem Gesicht ebenfalls um eine Maske handelt. Emsie kann nicht sagen, ob die Person in der langen weißen Robe vor ihr einen Mann oder eine Frau ist. Einen wuchtigen Bauchladen trägt die Frauenmaske um den Oberkörper geschnallt.

»Tut mir leid! Ich habe Sie nicht gesehen.« Emsie will an ihr vorbeilaufen, doch die maskierte Gestalt tritt ihr flink in den Weg. Irritiert mustert die Schwertkämpferin sie. Ihre Hand greift automatisch nach dem Heft ihres Schwerts, das an einem Gürtel über ihrer weißen Festtagsrobe hängt. Zu Emsies Überraschung nickt die alte Frauenmaske mit dem geschnitzten Lächeln ihr freundlich zu und fasst in die Schublade ihres Bauchladens. Dann hält sie Emsie einen vertrockneten Pilz vor die Nase.

»Für mich? Was ist das?«

Die Maske nickt erneut und führt sich die leere, behandschuhte Hand vor den zahnlosen Mund.

»Ich soll das Essen? Aber warum?«

Mit der freien Hand formt die Person einen offenen Halbkreis vor ihrem Gesicht. Emsie begreift. »Ihr meint, es bringt mich zum Lächeln?«

Wieder ein Nicken.

Hat Kandell nicht gemeint, dass die Magier der Akademie zum Fest der Toten einen Trank gebraut hatten, der alle glücklich gemacht hat, die ihn probiert haben? Vielleicht ist das so etwas Ähnliches … Ach was solls, etwas bessere Laune kann ich gerade durchaus gebrauchen.

Emsie kramt in ihrer Tasche eine Münze hervor. »Reicht das?«

Mit flinken Fingern schnappt sich die alte Frauenmaske das Geld und drückt Emsie den Pilz in die Hand. Dann wendet sie sich ab und geht kommentarlos in Richtung Stadtmauer davon. Emsie starrt auf den getrockneten braunen Pilz und zuckt mit den Achseln. Dann schiebt sie ihn sich in den Mund, kaut ein paarmal, bevor sie ihn herunterschluckt, und rennt weiter.

Als sie am Fuß des Hügels zum Grab der Könige angekommen ist, verlangsamt sie ihr Tempo. Sie sieht sich vorsichtig um.

Es scheinen keine Wachen postiert zu sein. Trotzdem werde ich mich lieber hinter den Bäumen halten, die den Weg nach oben säumen, um nicht entdeckt zu werden.

Als sie wenige Meter des Aufstiegs hinter sich gebracht hat, hört Emsie plötzlich Stimmen und schreckt auf. Schnell versteckt sie sich hinter dem dicken Stamm eines Baumes. Die Gestalt, die daraufhin in ihrem Gesichtsfeld erscheint, lässt sie überrascht die Luft einziehen. *Ferran! Warum ist er hier? Er hat doch gesagt, dass er nicht zum Grab seiner Mutter gehen wird? Anscheinend hat er mir nicht die Wahrheit erzählt! Warum sollte er sich sonst auf dem Weg zum Grab der Könige machen?*

Sie zieht sich die Fuchsmaske vom Kopf, um besser sehen zu können. Emsie beobachtet, wie der Prinz den weißen Kiesweg entlangschreitet. Als sie den Blick dann weiter, bis ganz nach oben richtet, kann sie bereits die alten, hochgewachsenen Bäume auf der Hügelkuppe sehen.

Gerade als Emsie Anstalten machen will, ihm unbemerkt zu folgen, bemerkt sie eine zweite Person, die Ferran mit etwas Abstand hinterherläuft. *Anscheinend ist er nicht allein. Ob das die Tochter des Statthalters und Herzogs von Shá ist?* Emsie geht näher an die beiden heran.

»So wartet doch, Prinz Ferran! Mit diesen Schuhen kann ich nicht so schnell laufen!«

Die junge Frau mit den hochgesteckten, schwarzen Haaren und den mandelförmigen Augen stolpert mir ihrem gerafften, cremefarbenen Kleid den Weg entlang. Der Sohn des Königs drosselt weder seine Laufgeschwindigkeit, noch scheint er auf die Bitte anderweitig zu reagieren. Als Emsie ihnen weiter nach oben auf flacheres Terrain folgt, schließt die Frau aus dem hohen Adeln endlich zu dem Prinzen auf. Sie betreten den Tempelring, der um das Grab herum liegt. Die massiven, mit Moos bewachsenen Säulen stützen flache Steinplatten ab, die ringförmig um die Hügelkuppe herumverlaufen. In der Mitte steht ein beeindruckender alter Baum, der mit seinen Zweigen weit in den Himmel ragt. Erst jetzt wendet sich der Prinz der Frau hinter ihm zu.

»Ich habe Euch bereits gesagt, dass ich keinerlei Interesse an einer Verbindung mit Euch habe, Ginzë. Hört auf, mir zu folgen.«

Anstatt stehen zu bleiben, läuft die Adlige näher zu Ferran heran, bis ihr Gesicht nur wenige Zentimeter von seinem entfernt ist. Emsie muss an sich halten, um nicht ihren ersten Impuls folgend, aus ihrem Versteck zu stürmen. Die Nähe zwischen den beiden gefällt ihr überhaupt nicht. Ein Stich der Eifersucht durchfährt die Schwertkämpferin. Gleichzeitig glaubt Emsie jedoch nicht, dass die Adlige aus Shá weiß, wem sie da eigentlich gerade so nah gegenübersteht. *Was tut sie da? Ist sie lebensmüde?*

Der Prinz sieht zu der Frau vor ihm herunter und verzieht dabei abschätzig die Lippen.

Ginzë lächelt ihn selbstbewusst an. »Aber Prinz Ferran, wie könnt Ihr so etwas sagen? Unsere Verlobung ist bereits beschlossene Sache! Eurem Vater liegt viel daran, eine Verbindung zwischen dem Königshaus und der östlichen Insel zu schaffen. Und hab Ihr nicht auch ein Interesse daran? Schließlich stammte Eure Mutter ebenfalls aus Shá.« Sie streicht langsam über Ferrans Brust. »Und wir beide werden noch genug Zeit haben, uns besser kennenzulernen.«

Emsie mustert die junge Frau überrascht. Doch dann schüttelt sie den Kopf. *Eigentlich war es klar, dass er bereits verlobt ist, oder zumindest bald verlobt sein wird. Rana hatte so etwas angedeutet. Und alt genug ist er längst. Aber er hätte es ja trotzdem mal erwähnen können!*

Mit ausdruckslosem Gesicht wendet sich der Prinz von Ginzë ab und läuft ein paar Schritte, bevor er auf einmal wieder abrupt zum Stehen kommt. Stumm betrachtet er die vielen Hügelgräber, die um den massiven alten Baum kreisförmig errichtet worden sind. »Es stimmt, ich muss tun, was mein Vater mir befiehlt. Schließlich ist er der König der Menschen und damit der machtvollste Mann in ganz Chrandos.«

Emsie sieht, wie die junge Frau bestätigend nickt. »Endlich kommt Ihr zur Besinnung! Wir ...«

Ferran dreht sich zu ihr um und zieht plötzlich sein Schwert. Nur wenige Zentimeter kommt die Klinge vor dem Gesicht der Frau zum Stehen.

Emsie erstarrt. Sie beobachtet, wie Ginzë erschrocken vor der Waffe zurückweicht. Dabei tritt sie versehentlich auf den Rock ihres Kleids und stolpert. Sie landet rücklings auf dem glatt polierten Marmorboden des Tempelrings. Angst ist in ihren Augen zu sehen.

»Ich glaube, Ihr versteht nicht ganz«, Ferran tritt näher heran und richtet die Klinge gegen ihre hohen Wangenknochen, »ich kann mich meinem Vater nicht widersetzen, aber er wird keinen Streit zwischen den Häusern provozieren wollen, wenn die Tochter des Herzogs von Shá sich weigern würde, den Prinzen von Chrandos zu heiraten. Ihr wollt mich kennenlernen? Ich gebe Euch gerne einen Vorgeschmack darauf. Ich bin ein begeisterter Freund der darstellenden Kunst. Wie wäre es, wenn ich Euer Gesicht etwas zurechtschneide? Sodass es Eurem Wesen etwas mehr entspricht?«

Die adlige Frau sagte nichts, sondern starrt ihn mit ihren dunklen Augen ängstlich an. Langsam versucht sie, sich nach hinten wegzuschieben.

Emsie sieht den kalten, unbarmherzigen Ausdruck in Ferrans Augen. Sie hat keine Zweifel daran, dass der Prinz seine Worte nicht in die Tat umsetzen würde.

»Was ist los? Hat es Euch die Sprache verschlagen? Mal sehen, ob Ihr gleich immer noch so still sein werdet.«

»Nein! Bitte nicht!«, fleht ihn die junge Frau an.

Ein grausames Lächeln zieht sich über sein edles Gesicht. Er setzt die Klinge auf der Haut der Ostländerin an.

Plötzlich trifft die Schneide seines Schwerts auf Metall. Der Prinz hebt den Kopf und sieht auf einmal Emsie vor sich stehen.

Mit gezogenem Schwert steht sie vor ihm und hindert ihn daran, seine Klinge in die Haut der Adligen zu bohren. Ihre Blicke treffen sich. Emsie fällt es schwer, in diesem Moment den Gesichtsausdruck des Prinzen richtig zu deuten. Sie bemerkt keinerlei Regung darin aufblitzen. Die Schwertkämpferin schlägt ihm mit einer schwungvollen Bewegung die Waffe aus den Händen.

Diese rutscht noch ein Stück über den glatten Steinboden, bis sie schließlich von einer der Säulen aufgehalten wird und endgültig zum Stehen kommt.

Eigentlich hätte sich der Prinz dagegen wehren können, wen er gewollt hätte, doch stattdessen steht er nur regungslos da, den Blick immer noch auf Emsie gerichtet.

Diese dreht sich zu Ginzë um, die immer noch wie versteinert auf dem Boden kauert.

»Verschwindet hier! Sofort!«

Emsies Worte scheinen erst nicht zu ihr durchzudringen, doch dann nickt die junge Frau, richtet sich so schnell sie kann, wieder auf und rennt mit gerafftem Kleid eilig davon. Ferran und Emsie bleiben allein zurück. Der Prinz hat die entwaffneten Hände zur Seite ausgestreckt und ein zynisches Grinsen huscht über sein Gesicht. Langsam lässt Emsie die Waffe sinken.

»Was bei den Göttern sollte das, Ferran? Sie hat dir doch überhaupt nichts getan!«

Der Prinz wendet sich ab und läuft zu seinem Schwert. Nach einem prüfenden Blick auf die Klinge steckt er es zurück in die Scheide. »Warum bist du hier, Emsie? Weiß du nicht, dass es am Tag der Toten nur den Mitgliedern der Königsfamilie gestattet ist, die Gräber der Könige zu besuchen?«

Die Schwertkämpferin sieht ihn lange an, dann schüttelt sie schließlich den Kopf. »Sag mir zuerst, warum DU hier bist! Ich dachte, dir würde es nichts bedeuten, das Grab deiner Mutter zu besuchen?«

Er zuckt mit den Achseln. »Ich weiß nicht ... Vielleicht bin ich, als wir darüber gesprochen haben, insgeheim doch neugierig geworden, wie es wohl aussieht. Ich bin noch nie dort gewesen.«

Überrascht zieht sie die Augenbrauen nach oben. »Was, noch nie?«

Ferran blickt sie streng an. »Du hast mir meine Frage noch nicht beantwortet. Warum bist du mir gefolgt?«

Die Augen der Schwertkämpferin weiten sich. »Du hast mich bemerkt? Aber woher wusstest du, dass ich es bin?«

Als der Prinz keine Anstalten macht ihr zu antworten, seufzt Emsie laut und zuckt mit den Schultern. »Deine Mutter ist heute vor genau 22 Jahren gestorben. Das heißt ...«

»Ja, heute ist der Tag, an dem ich geboren wurde.« Ferrans Mund bildet ein Lächeln, dass seine Augen jedoch nicht erreicht. »Aber das beantwortet noch immer nicht meine Frage, was du hier zu suchen hast.«

Emsie kommt näher zu ihm heran. Vorsichtig greift sie seine Hand, als wäre sie aus Glas. Ferran lässt es stumm geschehen.

»Zeigst du mir das Abbild deiner Mutter?«

»Warum willst du es sehen?«

»Ich will es eben.«

Er mustert kurz Emsies entschlossene Gesichtszüge, dann nickt er. Gemeinsam laufen sie zu dem gewaltigen Baum in der Mitte herüber, dessen dicker Stamm aus mehreren einzelnen Bäumen der gleichen Art geformt worden ist. Auf den knorrigen Wurzeln, die überall aus dem Boden zu ragen scheinen, stehen brennende Kerzen aus Bienenwachs.

Suchend lässt der Prinz seine Augen über den Stamm gleiten.

»Hier ist sie, wenn ich die Gemälde in der Burg von ihr richtig in Erinnerung habe.«

Emsie folgt Ferrans Blick und sieht überrascht in das Antlitz einer jungen Frau, dass neben vielen anderen, in die Rinde des alten Baums geschnitzt worden ist. Viele Einzelheiten lassen sich nicht mehr erkennen, da das Holz sich mit den Jahren verwachsen hat. Doch die Form ihres Gesichts und ihrer Augen lassen für Emsie keinen Zweifel aufkommen.

»Sie war sehr hübsch. Und sie hat die gleichen Gesichtszüge wie du.«

Der Prinz zuckt nur mit den Achseln. »Ich weiß nicht, warum ich eigentlich hierhergekommen bin. Ich habe sie nie kennengelernt, also konnte ich sie auch nicht vermissen.«

Nachdenklich mustert Emsie den Prinzen, dann dreht sie sich wieder zu dem Gesicht seiner Mutter um. »Nun, Madrin, es tut mir leid, dass du gestorben bist. Aber ich bin dir sehr dankbar, dass du Ferran geboren hast.« Sie verbeugt sich ehrfürchtig vor dem Antlitz der Königin von Chrandos und dreht sich dann wieder zu Ferran um.

Dieser sieht sie überrascht und sogleich peinlich berührt an.

»Was ist?«

»... Nichts.«

Emsie mustert ihn für einen Moment stumm, dann fällt ihr wieder ein, dass sie eigentlich wütend auf den Prinzen ist.

»Weißt du Ferran, eigentlich wollte ich erst wieder mit dir reden, bist du ...« Emsie stockt. Etwas anderes hat auf einmal ihre Aufmerksamkeit auf sich gezogen. Sie sieht an Ferran vorbei und betrachtet fasziniert, wie sich die Blätter der Bäume im Wind wiegen. Die Konturen verschwimmen plötzlich ineinander. Es hat etwas Surreales, fast wie in einem Ölgemälde. Er folgt verwirrt ihrem starren Blick.

»Was ist los?«

Nur schwer kann Emsie die Augen davon lösen. Es kommt ihr wie eine Ewigkeit vor, bis sie es schafft, ihre Aufmerksamkeit wieder Ferran zuzuwenden. Als sie endlich so weit ist, stockt ihr der Atem. Das blau seiner Augen, seine helle Haut und sein schwarzes Haar, alles wirkt so kontrastreicher, viel intensiver als vorher.

Ferran mustert sie verwirrt.

Emsie hebt ihre Hand und streicht fasziniert die Konturen seines Gesichts nach. Dann fährt sie ihm durch das pechschwarze Haar, das in der Abendsonne glänzt.

»Emsie? Was hast du auf einmal? Du verhältst dich komisch.« Ferran nimmt ihre Hände von seinem Gesicht.

Widerwillig lässt Emsie es geschehen. »Ich weiß nicht. Ich fühle mich, irgendwie … merkwürdig.« Sie dreht sich um und blickt in die unzähligen Gesichter der verstorbenen Mitglieder der Königsfamilie, die in den Stamm geritzt worden sind. Es kommt ihr vor, als würden die Abbilder sich langsam anfangen zu bewegen. Sie formen sich zu bösartigen Fratzen und starren sie an, als wäre sie ein Eindringling. Erschrocken weicht sie zurück.

Ferran sieht sie besorgt an. »Merkwürdig? Was ist los, Emsie?«

Sie schüttelt nur den Kopf. Am ganzen Körper bekommt sie eine Gänsehaut. Emsie erträgt den Blick der geschnitzten Fratzen keine Sekunde länger.

»Ich muss hier weg.« Die Schwertkämpferin dreht sich abrupt um und rennt einfach davon. Ferran blickt ihr für einen Augenblick perplex nach.

»Was? Emsie, warte! Wo willst du hin?« Er läuft ihr hinterher, aber zwischen den Bäumen verliert er sie schnell aus den Augen. Als Ferran nach kurzer Suche etwas Weißes zwischen den Stämmen aufblitzen sieht, rennt er zu der Stelle hinüber. Er findet Emsies weiße Robe, ihr Schwert und ihre Maske im Gras liegen und blickt sich genervt um.

»Du verhältst dich albern, Emsie. Willst du etwa halb nackt hier herumrennen?«

»Ferran!«

Der Prinz dreht sich um, kann Emsie aber nirgendwo entdecken.

»Ich bin hier oben.«

Er legt den Kopf in den Nacken und sieht die Schwertkämpferin auf dem unteren Ast eines Baumes sitzen. Nur in Unterhemd und Hose sitzt sie da und blickt zu ihm herab.

»Was tust du da? Warum bist du einfach davongerannt?«

»Die Gesichter. Sie haben angefangen, sich zu bewegen.« Sie kichert schrill.

Ferran mustert sie verwirrt. »Was redest du da? Warum verhältst du dich so merkwürdig? Komm da runter.«

Sie lacht erneut. »Ich glaube, das ist der Pilz, den die alte Frauenmaske mir gegeben hat. Ich hatte ihn schon komplett vergessen.«

»Pilz ...? Sag mir nicht, du hast einen Druidenpilz gegessen!«

Emsie kichert und zuck mit den Achseln. »Vielleicht habe ich das, vielleicht auch nicht ...«

Ferran massiert sich genervt die Schläfen. »Wie auch immer … Komm erst mal runter da.«

Emsie grinst und schüttelt den Kopf. »Nein, ich will nicht.«

»Und warum nicht?«

»Erst wenn du dich entschuldigst.«

»Wofür?«

»Idiot, für letzte Nacht natürlich. Dafür, dass du einfach gegangen bist. Und mir nichts über dich erzählst.«

Ein Moment der Stille entsteht zwischen ihnen. Emsie schließt währenddessen die Augen und genießt den Wind auf ihrer Haut.

»Also gut. Es tut mir leid. Bist du jetzt zufrieden?«

Die Schwertkämpferin öffnet wieder die Augen und sieht zu dem Prinzen herunter. Sein genervter Ausdruck bringt sie erneut zum Lächeln. Sie nickt.

»Dann kommst du jetzt runter?«

Sie schüttelt den Kopf.

Ferran seufzt. »Warum nicht?«

»Ich kann nicht. Es ist zu hoch. Ich habe Angst.«

Entnervt atmet er aus, auch wenn er zugeben muss, dass ihm das Bild der halb nackten Frau, die sich ängstlich an den Stamm eines Baums klammert, insgeheim amüsiert. »Es ist nicht so hoch, das bildest du dir nur ein. Das sind nicht einmal zwei Meter.«

Sie schüttelt erneut den Kopf.

Ferran hebt mit einem verärgerten Gesichtsausdruck die Arme an. »Also gut. Spring runter, ich fange dich auf.«

Zögernd legt Emsie den Kopf schief. »Wirklich?«

Ferran nickt ungeduldig. »Wirklich.«

Sie lässt ein paar Sekunden verstreichen, dann stößt sie sich ab. Der Fall kommt ihr unnatürlich lange vor. Fast wie eine Ewigkeit. Als sie die Augen wieder öffnet, blickt sie in Ferrans Gesicht.

Dieser sieht sie halb amüsiert, halb genervt an. »Man hat wirklich nur Ärger mit dir.«

Emsies Wangen sind gerötet. Sie legt ihren Kopf an seine Schulter und schmiegt sich eng an ihn. Ferran lehnt sich mit ihr an den Stamm eines Baumes und schließt die Augen.

»Du riechst so gut«, flüstert Emsie plötzlich.

Ferran öffnet peinlich berührt die Augen und starrt zu Boden. »Und du bist nicht ganz bei Sinnen, Emsie. Esse nicht einfach etwas, das dir ein Fremder anbietet. Du bist einfach zu gutgläubig. Oder zu verfressen. Wahrscheinlich beides.« Bei dem Gedanken muss Ferran belustigt lächeln. Dabei fällt ihm auf, wie unnatürlich schweigsam Emsie ist. Besorgt sieht er zu ihr herunter.

»Hey, ist alles in Ordnung?«

Er spürt, wie sie nickt.

»Können wir noch eine Weile so bleiben? Bis die Wirkung nachgelassen hat?«, nuschelt Emsie gegen seine Brust.

Ferran rutscht mir ihr in den Armen den Stamm herunter und setzt sich auf den moosigen Boden.

»Ja«, ist alles, was er sagt.

KAPITEL 12

Emsie und Ferran treffen sich die nächsten Wochen so oft wie möglich. Dabei merkt die Schwertkämpferin, dass ihr Bruder davor jedes Mal unfreiwilliger den Tarnzauber für sie wirkt. Anfangs war er zu beschäftigt gewesen, in dem Labor des alten Hofmagiers sein Projekt abzuschließen, aber irgendwann regte sich sein Verantwortungsgefühl als älterer Bruder.

»Willst du mir nicht sagen, wo du fast jede Nacht hingehst?«

Sie stehen an ihrem Bett und die junge Frau wartet darauf, dass Kandell ein magisches Abbild ihrer selbst kreiert.

»Wir haben eine Abmachung, schon vergessen?«

Er schüttelt den Kopf. »Dabei dachte ich, dass es bei dem einen Mal bleiben würde. Aber dir jedes Mal zu helfen, wenn du dich nachts aus dem Haus schleichst, scheint mir nicht sehr verantwortungsbewusst zu sein.«

Emsie verdreht die braunen Augen. »Das kommt aber plötzlich. Sonst hast du mich doch eher immer angestachelt, etwas Dummes zu tun. Um dich hinterher über mich lustig zu machen.«

»Da waren wir noch Kinder, Emsie. Jetzt ist das etwas anderes.«

»Ich bin durchaus in der Lage, auf mich selbst aufzupassen.«

»Das bezweifle ich nicht. Aber wie schütz man die anderen vor dir?«

Der Schwertkämpferin huscht kurz ein Lächeln über das Gesicht.

»Raus mit der Sprache, Emsie. Ich werde unseren Eltern nichts davon erzählen. Wenn es rauskommt, werde ich abstreiten, irgendetwas gewusst zu haben.«

»Du machst viel zu vorschnell irgendwelche Versprechungen, Kandell. Das war schon immer so.«

Ihr Bruder grinst und zuckt mit den Achseln. »Und? Verrätst du mir, was los ist? Du triffst jemanden, oder?«

Emsie kann ein Zucken ihres Gesichtsmuskels nicht verbergen.

Kandell bekommt große Augen. »Es stimmt also! Wer ist er? Oder vielleicht sogar sie?«

Die Schwertkämpferin seufzt laut und streicht über ihr Schwert, das an ihrem Gürtel hängt. »Ein Er. Und ich weiß nicht, ob du das überhaupt wissen willst.«

Er mustert sie eine Zeit lang, als würde er ernsthaft über ihre Worte nachdenken, dann schüttelt er den hellblonden Haarschopf. »Los, spuk es schon aus!«

»Erst versprichst du mir, niemanden davon etwas zu erzählen!«

Kandell zögert kurz, dann nickt er. Ein Moment der Stille entsteht.

Dann lässt Emsie den Kopf sinken und atmet einmal tief ein. »Es ist Ferran ...«

Zuerst sieht ihr Bruder verwirrt zu ihr, dann zu Boden, dann wieder zu ihr. »Du ... Was? Du meinst doch nicht etwa Prinz Ferran, oder?« Er lacht kurz auf, wird aber mit einem Schlag wieder ernst, als er den Gesichtsausdruck seiner Schwester bemerkt. »Emsie! Bist du vollkommen irre? Sich mit so jemandem wie ihm einzulassen? Weißt du nicht mehr, was er bei unserer Einführungszeremonie getan hat? Was für ein verzogener, egoistischer Mann er ist?«

»Sei still!«, zischt sie und Kandell blickt sich erschrocken um. »Er hat auch andere Seiten, wenn man ihn besser kennt. Ich kann ihn irgendwie verstehen ...«

Der Magierlehrling schüttelt den Kopf. »Er spielt sicher nur mit dir, Schwester. Außerdem ist er der Prinz des gesamten Menschenreichs! Auch wenn sein Bruder einmal die Krone erben wird, so ist er doch weit über deiner Liga. Das hat niemals Zukunft!«

Ein schmerzerfüllter Ausdruck macht sich aus Emsies Gesicht breit. Sie wendet sich ab und sieht bekümmert aus dem Fenster ihres Zimmers. »Das ist mir durchaus bewusst. Aber was soll ich machen, ich ...«

Kandell schüttelt entgeistert den Kopf. »Sag mir nicht, dass du dich in ihn verliebt hast, Emsie. So töricht kannst du doch nicht sein! Du konntest ihm am Anfang nicht ausstehen und jetzt liebst du ihn?«

Wütend fährt sie herum. »Er ist anders, als du denkst! Ich ...« Sie hält auf einmal inne und starrt betreten zu Boden »Wenn du eine Lösung für mein Schlamassel hast, dann bitte immer raus damit. Und wenn nicht, dann erzähl mir nicht, wie bescheuert das ist. Das weiß ich selbst nur zu gut!«

Kandell sieht sie nachdenklich an. »Es gibt nur eine Möglichkeit. Beende es. Und zwar bald. Außerdem hoffe ich, du triffst die nötigen Vorkehrungen, wenn ihr zusammen seid. Ich bezweifle, dass der König begeistert davon sein wird, wenn er erfährt, dass sich seine Blutlinie mit niederem Adel wie uns vermischt.«

Emsies Wangen färben sich rot und sie blickt peinlich berührt zur Seite. »Natürlich tue ich das. Ich bin doch nicht blöd!«

Ihr Bruder atmet schwer aus und nickt dann. »Ich tue es noch ein letztes Mal, dann bist du auf dich gestellt. Tut mir leid.«

Emsie knirscht mit den Zähnen, nickt aber schließlich. *Ich muss mit Ferran darüber reden. Vielleicht hat er eine Idee.*

Als die Schwertkämpferin in dieser Nacht wie gewohnt am Übungsplatz auf den Prinzen wartet, überlegt sie sich ihre weiteren Möglichkeiten. Es regnet leicht, daher hat Emsie sich an einen der großen, angrenzenden Bäume gelehnt, die etwas Schutz vor dem Wasser versprechen. *Was ist nur los mit mir? Hat Kandell recht? Bin ich in Ferran verliebt?... Ich verstehe es genauso wenig wie du, Bruder. Aber ich weiß nur, dass ich bei ihm sein will und bei keinem anderen. Es fühlt sich an wie ein Sog, der uns immer wieder zueinander führt. Selbst jetzt spüre ich, wie mich etwas in Richtung Festung zieht.* Emsie seufzt laut. *Wir könnten von hier fortgehen. Vielleicht würde er auch von dem Meister der Elfenschwertkunst bei Thenos Schande unterrichtet werden wollen. Das war schon immer mein Traum. Aber würde Ferran das hier alles Aufgeben? Und würde ich das ebenfalls?*

Emsie merkt, dass Ferran sich verspätet, und beginnt langsam ungeduldig zu werden. *Vielleicht sollte ich versuchen, ihm entgegenzulaufen?*

Der Wald ist düster und die junge Frau muss sich konzentrieren, um nicht über Wurzel oder Zweige zu stolpern. An der Burgmauer angekommen, tastet sie nach der schmalen Öffnung hinter der mit Efeu und anderen Pflanzen bewachsenen Burgmauer. Schließlich findet Emsie, was sie sucht, und tritt in den Geheimgang ein. Plötzlich muss die Schwertkämpferin laut fluchen. *Verdammt, die Fackel fehlt! Wahrscheinlich hängt sie noch am Zugang zu seinem Zimmer.* Die Sorge um den Prinzen, lässt sie einmal laut seufzen. *Ich bin schon so oft hier entlanggelaufen. Ich sollte es doch eigentlich schaffen, auch ohne Licht den richtigen Weg zu finden, oder?* Sie nimmt ihren Mut zusammen und schreitet hinein in die Dunkelheit.

Irgendwann gewöhnt sich die Schwertkämpferin an ihre Umgebung. Langsam, aber stetig tastet sie sich an der rauen Wand entlang. Als es allmählich heller wird, atmet sie beruhigt auf. Es ist das schwache Glimmen der Fackel, die am Halter vor dem Geheimzugang vor Ferrans Zimmer hängt.

Plötzlich zögert Emsie. Es sind gedämpft Stimmen aus dem Raum vor ihr zu hören. Vorsichtig öffnet sie die versteckte Tür und späht in das Zimmer herein. Die Schwertkämpferin erkennt König Sigur und den Hauptmann seiner Garde, zusammen mit ein paar Wachen. Sie starren im Halbkreis auf etwas, dass vor ihnen auf dem Boden liegt. Emsie hat Schwierigkeiten zu erkennen, was es ist, da das Bett genau davorsteht und ihr die Sicht versperrt. Doch dann sieht sie die Hand, die dahinter zum Vorschein kommt. Die junge Frau erstarrt.

Der König tippt mit seinem Stiefel gegen die Person am Boden. Ein Stöhnen ist zu hören.

»Dieser verdammte Schweinehund. Hatte er gedacht, ich falle auf so einen billigen Trick rein? Jemanden zu beauftragen, mich zu ermorden! Wie schmeckt dir das Gift, mein Sohn? Es ist das gleiche, mit dem der Attentäter, den du geschickt hast, versucht hat, mich zu töten.«

Er tritt noch einmal zu, diesmal deutlich stärker. Emsie glaubt, ihr Blut ist in ihren Adern zu Eis erstarrt. *Das kann nicht sein, oder? Ist das Ferran? Und hat er etwa wirklich versucht, seinen Vater zu ermorden?* Die Finger an der Hand des Prinzen beginnen unkontrolliert an zu zucken.

»Gib mir dein Schwert.«

Der Hauptmann sieht seinen König mit großen Augen an.

Der jungen Frau schnürt sich die Kehle zu. Sie kann immer noch nicht fassen, was da gerade passiert.

Als der Mann zögert, blickt ihn Sigur finster an. »Willst du ihm etwa Gesellschaft leisten? Ich wiederhole mich nicht.«

Schnell zieht der Soldat seine Waffe und überreicht sie seinem König.

Dieser nimmt ohne weitere Umschweife damit am Hals seines Sohnes Maß.

Auf einmal bewegt sich Emsie Körper wie von selbst. Sie stürmt aus ihrem Versteck und wirft sich auf den jungen Prinzen, der dort halb bewusstlos am Boden liegt. »Nein! Das dürft ihr nicht tun! Lasst ihn in Ruhe!« Sie starrt mit verzweifeltem Blick zum König hoch, den Körper schützend über Ferran gebeugt. Sigur sieht erstaunt und zugleich verärgert zu der jungen Frau herunter.

»Was? Wie bist du hier hereingekommen?«

In diesem Moment schwingt die eigentliche Zimmertüre des Prinzen auf und Edwin kommt mit Tradorn, dem königlichen Berater, in den Raum geschlendert. Das schmierige Grinsen erstarrt auf seinem Gesicht augenblicklich zu Eis, als seine grausamen Augen Emsie fokussieren.

Die junge Frau meint eine Spur Verärgerung darin zu erkennen die aber schnell allgemeinem Entsetzen weicht, als er den Blick von ihr abwendet.

»Vater? Was … Was ist denn hier los? Was willst du mit dem Schwert?« Schockiert blickt sich der Thronfolger um.

Emsie nimmt ihm seine gespielte Besorgnis keine Sekunde lang ab.

Sigur schenkt seinem Sohn ein grausames Lächeln. »Dein Bruder hier, hat versucht, seinen König zu ermorden! Und das auf so stümperhafte Weise, dass er es allein dafür schon verdient hat, am Strick zu baumeln.«

Der königliche Berater reißt bei diesen Worten erschrocken die Augen auf. »Aber… Eure Majestät, wollt Ihr etwa Euer eigenes Kind töten? Und das ohne richtigen Prozess?«

»Ich bin das Gesetz, Tradorn! Ich kann tun und lassen, was ich will! Aber, nun gut …« Er übergibt die Waffe wieder an seinen Hauptmann zurück. »Ich habe eine viel bessere Idee. Soll die kleine Hure meines Sohnes zusehen, wie er langsam innerlich verblutet. Werft die beiden in das Verlies.«

Die Schwertkämpferin keucht fassungslos auf. »Wie könnt Ihr so etwas tun! Er ist Euer Sohn! Denkt Ihr nicht, Ihr habt ihm schon genug angetan?« Als sie das zornige Aufblitzen in seinen Augen sieht, ist es bereits zu spät. Von einem Moment auf dem anderen wird Emsie schmerzhaft zur Seite gestoßen. Sie bemerkt, wie ihre Wange von dem Tritt des Königs augenblicklich anschwillt. Schmerzen spürt sie kaum. Die junge Frau liegt jetzt neben Ferran und kann in dessen verkrampftes Gesicht sehen. Seine Lieder flackern, als würde er mit aller Kraft versuchen seine Augen zu öffnen.

Sigur beugt sich lächelnd zu ihr herunter. »Ich weiß, wer du bist, junge Frost. Wahrscheinlich warst du es, die ihn dazu überredet hat, nicht wahr? Wolltet ihr als Nächstes Edwin ermorden, damit ihr gemeinsam auf dem Thron von Chrandos sitzen könnt?«

Die Schwertkämpferin schüttelt zunächst entsetzt den Kopf, doch dann überlegt sie es sich anders und durchbohrt den Mann vor ihr mit trotzigem Blick.

Der König lächelt nur. »Ihre Familie steht vorerst unter Arrest! Und jetzt los, ich habe nicht die ganze Nacht Zeit.«

Grobe Hände packen Emsie und Ferran und schleifen sie aus dem Raum heraus. Die Schwertkämpferin sieht währenddessen in das fassungslose Gesicht von Tradorn und bemerkt Edwins zuckenden Mundwinkel, als müsse dieser sich bei ihrem hilflosen Anblick das Lachen verkneifen.

Das Verlies ist dreckig, düster und kalt. Emsie hört, wie die Luke über ihnen mit einem lauten Schlag verschlossen wird. Schnell kriecht sie zu Ferran herüber und legt seinen Kopf auf ihren Schoß. Blut tropf ihm aus der Nase. Sofort steckt sie ihm zwei Finger in den Rachen und zwingt ihn, sich zu erbrechen. Ein roter Schwall schießt aus seinem Mund, als der Bewusstlose seinen Mageninhalt vor ihr entleert. Die junge Frau hat zuerst die Befürchtung, dass es sich um Blut handeln könnte. Schließlich dämmert ihr, dass es der Wein sein muss, der mit dem Gift versetzt worden war. Mehr als jemals zuvor schätzt sie ihre Tage bei den Sanitätern der Armee in Zirondiil, wo sie oft dabei helfen musste, Alkoholvergiftungen zu behandeln.

Nachdem Ferran mit ihrer Hilfe seinen Magen vollständig entleert hat, öffnen sich langsam seine Augen. »Emsie ...«

Tränen der Erleichterung rollen über ihre Wangen. »Ferran! Sprich nicht und ruhe dich aus. Du wurdest vergiftet und ...« Ihr eigenes Schluchzen unterbricht die junge Frau.

Der Prinz hebt zitternd die Hand und fährt vorsichtig über den Bluterguss, den Sigurs Stiefel auf ihrem Gesicht hinterlassen hat.

»Ich ... Ich werde ihn töten Emsie. Diesen verfluchten ...« Er lässt die Hand erschöpft sinken. Seine Lieder beginnen erneut zu flattern und er verliert das Bewusstsein.

Die junge Frau legt ihre Hand auf seine Stirn. *Fieber. Sicherlich durch das Gift. Wenn er nicht bald Hilfe bekommt, wird er vermutlich sterben.* Sie drückt ihn enger an sich und blickt sich suchend um. Doch das Einzige, dass ihr Gesellschaft leistet, ist die abgestandene, nach Pein und Scham stinkende Luft, die sie in der kleinen Kammer umgibt und in jede Pore ihres Körpers dringt.

Nachdem der König gegangen ist, bleiben Edwin und Tradorn allein in dem Zimmer des jungen Prinzen zurück. Der Berater des Königs beginnt nervös in dem Raum auf und ab zulaufen, während der Kronprinz ihm amüsiert dabei zusieht.

»Das geht einfach nicht! Er kann sich nicht einfach über das Rechtssystem unseres Reiches stellen!«

Edwin zuckt mit den Achseln. »Er ist der König. Natürlich kann er das.«

Der alte Mann schüttelt den Kopf. »Ihr hattet recht, Eure Hoheit, der König wird sich niemals den Regeln des Volkes anpassen. Er wird immer mehr zu einem Tyrannen!«

Der Kronprinz reißt erstaunt die Augen auf.

»Solche Worte aus Eurem Mund, Tradorn? Seht ihr jetzt endlich ein, was ich dem Rat schon seit Ewigkeiten bewusst machen will? Mein Vater ist ein wandelndes Pulverfass. Was kommt als Nächstes? Lässt er alle ranghohen Adligen köpfen und gegen neue austauschen, so wie er es vielleicht bereits einmal getan hat?«

Unbewusst greift sich der Berater an den faltigen Hals. »Ich frage mich nur, was die junge Frost damit zu tun hat? Ihre Familie kann einem nur leidtun ...« Er schüttelt den Kopf. »Das reicht! Jemand muss etwas unternehmen!«

»Ihr habt meine volle Unterstützung, Tradorn, das wisst ihr. Wenn ihr den anderen Ratsmitgliedern von diesem Vorfall berichtet, werden sie endgültig davon überzeugt sein, dass es Zeit für eine Veränderung ist. Der König muss gestürzt und sein rechtmäßiger Erbe als neuer Herrscher ausgerufen werden. Wenn ich erst einmal an der Macht bin, werde ich die Gesetzte achten und nicht aus eigenem Interesse handeln, wie mein Vater es tut.«

Der alte Berater sieht nachdenklich zu ihm herüber und nickt schließlich. »Ihr habt recht, Prinz. Ich werde unverzüglich ein geheimes Treffen einberufen. Wir müssen so schnell wie möglich handeln, sonst ist es für Ferran zu spät!«

Als der alte Mann sich daraufhin verbeugt und eilig aus dem Zimmer stürmt, bleibt Edwin an der Stelle verharren, an dem sein Bruder noch vor Kurzem gelegen hatte. Sein Gesicht verzerrt sich zu einer Fratze aus Wut und Zorn, bevor sie wieder zu einem zynischen Grinsen übergeht.

Kandell ist noch wach, als die Soldaten der Stadtwache sich vor dem Haus der Frosts versammeln. Er hört, wie sein Vater laut fluchend in seinem Schlafanzug zur Haustür stolpert, um denjenigen die Meinung zu sagen, der zu solch einer späten Stunde auf seiner Schwelle steht. Dann nimmt der Zauberlehrling das entsetzte Aufstöhnen seiner Mutter war, als die Wachen in das Haus drängen und beginnen alles zu durchsuchen.

»Was soll das? Was fällt euch eigentlich ein?! Auf wessen Befehl verwüstet ihr mein Haus?« Lerons Stimme klingt aufgebracht. Kandell hört das Rascheln von Papier, darauf folgt die Stimme von einem der Wachleute.

»Auf Befehl des Königs, Sigur von Chrandos, Herrscher des gleichnamigen Königreichs Chrandos, wird die gesamte Familie Frost unter Hausarrest gestellt. Sie stehen unter Verdacht, die Krone verraten zu haben. Bis zum Prozess werden alle Familienmitglieder unter ständiger Bewachung stehen!«

»Das ist doch Blödsinn!«, ruft Kandells Mutter aufgebracht. »Wir sind erst vor Kurzen überhaupt hier, warum sollten wir irgendwelche Intrigen gegen den König spinnen?«

Plötzlich hört der junge Magiernovize das Knarzen der alten Holztreppe. *Die Soldaten fangen an, auch das Obergeschoss zu durchsuchen!* Eilig schnappt er sich ein paar seiner Aufzeichnungen sowie seinen Mantel und legt einen Tarnzauber über sich selbst, der ihn prompt mit seiner Umgebung verschmelzen lässt. Da er mittlerweile darin geübt ist, gelingt es ihm die Illusion mit einer Leichtfertigkeit, die ihn kurz selbst überrascht.

Im gleichen Moment stürmt eine Gruppe Soldaten in sein Zimmer. Sie beginnen auf recht grobe Weise, alle Schränke und Schubladen zu öffnen und den Inhalt achtlos auf den Boden zu werfen.

Kandell versucht dabei so gut es geht, den Männern und Frauen aus dem Weg zu gehen, um nicht versehentlich mit einem der Soldaten aneinanderzustoßen. Tatenlos muss er zusehen, wie sein gesamtes Zimmer verwüstet wird.

Als die Grobiane endlich fertig sind, kehren sie nach unten in den großen Aufenthaltsraum zurück, um ihrem ranghöheren Anführer Bericht zu erstatten.

»Wir haben nichts gefunden, Hauptmann. Von dem Jungen fehlt jede Spur.«

Kandell kann sich den Gesichtsausdruck seiner Eltern vorstellen. Sein Vater wird kurz überrascht aussehen, während seine Mutter wie immer einen kühlen Kopf behält.

»Wahrscheinlich ist er noch in der Akademie. Wegen seinen Prüfungen verbringt er teilweise sogar die Nächte dort.« Idas Stimme klingt gefasst, auch wenn ein geübter Hörer merkt, dass es darunter brodelt.

Der Magiernovize muss wegen der Verschlagenheit seiner Mutter kurz lächeln. Auch da er weiß, dass sie bemerkt haben muss, dass Emsie mit keinem Wort erwähnt worden ist. Dann geht er zu der Karte von Schwarzerden herüber, die an der Wand in seinem Zimmer hängt. *Emsie … Was hast du uns da nur eingebrockt? Ich wette, dass irgendetwas passiert ist.* Er schließt die Augen und sucht nach der magischen Kraft, die bald darauf seinen gesamten Körper durchströmt. Der Suchzauber dauert ein paar Sekunden, doch dann sieht er den leuchtenden Fleck, der auf der Stadtkarte erscheint. Kandell zieht scharf die Luft ein, als er erkennt, um welchen Ort es sich handelt. *Was hast du getan, Schwester?*

KAPITEL 13

Kandell sitzt nach vorne gebeugt da, die Stirn auf die Unterarme gestützt, und regt sich nicht. Auf einem kleinen Sockel neben ihm steht ein faustgroßer, weißer Bergkristall, von dessen Inneren ein glühendes Licht ausgeht. Es umschließt Kandell wie eine Glocke und vertreibt die Dunkelheit, die alles um ihn herum in ein tiefes Schwarz taucht.

Tausende von Büchern, säuberlich in meterhohe Regale einsortiert, leisten ihm in der Finsternis verborgen, stumm und eingestaubt Gesellschaft. Die Bibliothek der Magierakademie ist Kandells Rückzugsort, den er zum Nachdenken und Meditieren benutzt, wenn er vor einem schwierigen, magischen Problem steht, oder in diesem Fall, wenn seine Schwester gerade im Kerker von Chrandos sitzt und seine Hilfe braucht.

Warum konnte sie nicht die Finger von diesem eingebildeten Prinzenschnösel lassen? Ich wusste, dass er nur Ärger bringen würde.

Der Zaubernovize seufzt und richtet sich langsam auf. Er konnte als Einziger den Wachen von König Sigur und somit dem Hausarrest entfliehen. Zumindest vorerst. Eigentlich weiß Kandell, dass die Wachen des Königs in der Akademie der arkanen Künste zuerst nach ihm suchen würden. Doch aus irgendeinem Grund scheinen sie sich nicht die Mühe machen zu wollen. Zumindest konnte er auf dem Weg hierher keinerlei Soldaten ausmachen.

Aber wo sollte er auch schon anders hingehen? Einfach zu Hause bleiben, konnte er nicht. Nicht, wenn er versuchen will, eine Lösung aus diesem Schlamassel zu finden. Seine Eltern wissen noch nicht einmal, warum sie in ihrem Haus festgehalten werden. Er schon. *Ich habe es dir gesagt Emsie, aber du wolltest ja nicht hören.*

Kandell seufzt erneut und sein Blick fällte auf die kleine Glasvitrine, die auf einem alten Holztisch vor ihm steht. Darin befindet sich eine gelbe, trichterförmige Blüte. Die Blume wurde durch Magie in der Zeit eingefroren und sieht aus, als wäre sie gerade eben erst gepflückt worden. Wenn Kandell sie genauer betrachtet, kann er im Licht des Kristalls sogar noch die feinen Tautropfen erkennen, die von dem Elfengewächs zum Zeitpunkt seiner Chronosistera – dem Stoppen der Zeit – von dem Blütenkelch im Begriff waren, abzuperlen. Er hatte das Gewächs heimlich aus Welrans Labor mitgenommen, als er dort für Ferran den Trank gegen dessen Fluch gebraut hatte. *So etwas Schönes konnte ich nicht einfach so zurücklassen. Keiner dort im Palast, würde diese magische Meisterleistung zu schätzen wissen. Aber Glück hat mir die Mondtrompete bisher nicht gebracht.*

Plötzlich hört er das Kratzen der Holzdielen hinter sich und schreckt auf. Als Kandell sich langsam umdreht, sieht er auf einmal das ausdruckslose Gesicht von Meisterin Dularnis aus der Dunkelheit auftauchen, der Spezialistin für Flüche und Artefakte der Akademie für arkane Künste. Das ausgemergelte Gesicht ist hinter den langen schwarzen Haaren kaum zu erkennen. Sie trägt einen weiten dunkelblauen Umhang mit spitzer Kapuze.

»Novize Kandell! Ich habe mich schon gewundert, wer um diese Zeit noch in der Bibliothek weilt. Was sucht Ihr hier?«

Dem Magierschüler fehlen für einen kurzen Moment die Worte.

»Ich … Ähm, mache nur Recherchearbeit. Meister Safran will von mir eine Ausarbeitung über die Purifikation und Nutzung von Varussaft bis nächste Woche haben.«

»Und das müsst Ihr mitten in der Nacht tun?«

»Ich konnte nicht schlafen, also dachte ich, warum die Zeit nicht nutzen?«

Kandell glaubt, kurz ein Lächeln über Dularnis schmale Lippen huschen zu sehen. Aber ganz sicher ist er sich, aufgrund des schlechten Lichts und den Haaren vor ihrem Gesicht, nicht. Kandell sieht an ihrer Kopfhaltung, dass ihr Blick auf etwas hinter ihm fällt.

»Ist das etwa … Eine Mondtrompete? Was für ein seltenes Exemplar! Gehört sie Euch?« Die Magierin schreitet langsam um ihn herum und betrachtet die Blume eingehend. »Woher habt Ihr sie, Kandell?« Neugierig sieht sie zu ihm herunter.

Der Magiernovize versucht, während er über eine passende Antwort nachdenkt, den Blick nicht von den kohleschwarzen Augen abzuwenden. Die Meisterin der Flüche und Artefakte hat etwas Unheimliches, obwohl er sie bisher niemals unfreundlich erlebt hatte. Die Magierin war es schließlich auch gewesen, die ihm damals, ohne weitere Fragen zu stellen, bei der Herstellung des Tranks für den Prinzen geholfen hatte.

»Sie ist ein Geschenk von meinem Vater gewesen«, lügt Kandell und schafft es letzten Endes doch nicht, ihr dabei ins Gesicht zu sehen.

»So?« Sie blickt nachdenklich auf das Gewächs herab. »Wenn ich mich richtig erinnere, hatte Meister Welran auch so eine. Und der Angeber hat immer behauptet, es wäre die einzige Mondtrompete, die jemals durch einen Zeitzauber konserviert worden ist.«

Kandells Mund wird auf einmal trocken. Er schluckt mühsam. »Ich wusste nicht, dass der ehemalige Zauberer des Königs, ein Zeitmagier ist.«

Dularnis lacht kurz auf. »Welran? Nein, zu so etwas, ist er nicht fähig. Seine Kunst, ist die Transmissionsmagie. Und darin ist er einer der Besten. Aber nicht nur das, seine Art,

Magie zu wirken, ist ebenfalls selten. Wie ihr wisst, tritt diese immer an bestimmten Stellen des Körpers aus. Das ist je nach Zauberer unterschiedlich und liegt daran, an welcher Orten man das Wirken der Magie am besten bündeln kann. Aber Meister Welran scheint so etwas bei der Entstehung seiner Portale nicht zu gebrauchen. Er erschafft sie einfach an einem fixen Punkt in der Materie um uns herum. Sehr interessant.«

Kandell sieht bei diesen Worten verdutzt auf. »Wartet einmal … ich dachte, Transmissionsmagie ist das Herstellen einer einfachen Bildverbindung auf spiegelnden Oberflächen? Man schickt ein Abbild von sich selbst, zu jemanden anders und umgekehrt.«

Dularnis zuckt mit den Achseln. »Das stimmt auch. Aber ein wahrer Meister der Transmissionsmagie, ist zu weit mehr fähig, junger Kandell. Man lehrt euch hier in der Akademie Grundlagen, die jeder Magier kennen sollte. Wie zum Beispiel das Wirken eines einfachen Heilungszaubers, der Wunden sterilisiert und die Haut zur Regeneration anregt. Ein Magier mit der seltenen Gabe der Heilmagie jedoch, kann mit genug Energie Brüche Heilen oder Blutungen stoppen. Wenn Ihr erst einmal das Wesen Eurer Magie erfahren habt, werdet Ihr verstehen, was ich meine.«

Und das kann noch Jahre dauern!, denkt Kandell. Und selbst dann kann der Magier selten ohne ein Artefakt auskommen, in dem er einen großen Teil seiner Magie speichert. Deshalb sind Zauberer, die eine Gabe für Artefaktmagie besitzen, wie Meisterin Dularnis, auch so unentbehrlich.

Plötzlich kommt dem Magiernovize eine Idee. »Vielen Dank für Eure Ausführung, Meisterin Dularnis. Ich denke, ich gehe jetzt wohl besser, damit ich noch etwas Schlaf bekomme.«

Die Zauberin nickt und reicht ihm den Glaskasten mit der Mondtrompete. »Passt gut darauf auf, Kandell. Selbst im

Elfenreich ist diese Pflanze nur an seltenen Orten zu finden. Es ranken sich einige Mythen und Legenden darum.«

Kandell nimmt die chronosistierte Blüte mit einem Nicken entgegen. Zu gerne würde er nachfragen, was Dularnis für Geschichten über die Mondtrompete kennt, aber es gibt Wichtigeres zu tun. Der Magiernovize verabschiedet sich knapp und muss sich dabei zurückhalten, nicht Hals über Kopf aus dem Raum hinaus zu stürmen.

Als er außer Sichtweite der Zauberin gelangt, beschleunigen sich seine Schritte. Er verlässt die Bibliothek und schlägt den Weg Richtung Aufenthaltsraum ein. Dort angekommen, verschließt er die Tür hinter sich und lässt angestrengt den Blick durch das mit Magierlicht erhellte Zimmer schweifen. Als Kandell sicher ist, dass niemand hier ist, läuft er eilig zu einer brusthohen, aus schwarzem Marmor gehauen Säule herüber, auf der, im gleichen Stil, eine Schale in Form einer großen Muschel steht. Die Flüssigkeit darin, erscheint ebenfalls pechschwarz. Der Magiernovize klammert den kleinen Glaskasten mit der Mondtrompete enger an sich. *Konzentriere dich, Kandell. Was hat Meister Grünwald noch einmal gesagt?*

‚Um eine Verbindung zu jemanden herzustellen, braucht man einen persönlichen Gegenstand von der Person, ein Verbindungsstück, mit dem man den Kontakt herstellen kann, sowie eine reflektierende Oberfläche. Es ist ähnlich dem Suchzauber, nur leitet man die Magie durch den Gegenstand, in die spiegelnde Oberfläche hinein.‘

Kandell konzentriert sich und hält eine Hand über die Wasserschale, die andere umfasst den kleinen Glaskasten mit der gelben Blüte. Er spürt, wie seine Handflächen anfangen zu jucken, als er beginnt, den Zauber zu weben. Dann, langsam, bildet sich weißer Nebel um seine Hände. Feine Kristalle fallen in das dunkle Wasser und Raureif beginnt sich an der

Glasscheibe der Vitrine, ausgehend von Kandells Händen, zu bilden. Gebannt starrt der Zaubernovize auf die glatte Wasseroberfläche, die langsam von einer zarten Schicht des Nebels bedeckt wird. Plötzlich und auf einen Schlag lichtet sich dieser und gibt den Blick auf das Gesicht eines Mannes frei, dass in der erstarrten Flüssigkeit widergespiegelt wird. Er trägt eine Mütze aus Fell, sowie die blaue und purpurne Tracht eines Zauberers. Sein dunkelbraunes Haar ist kurzgehalten und er besitzt einen gepflegten, ebenfalls kurzen Ober- und Unterlippenbart. Mit abschätzigem Blick mustert der Magier Kandell misstrauisch.

Dieser unterdrückt seine Freude über den geglückten Zauber und versucht, einen möglichst selbstbewussten Eindruck zu machen.

»Wer seid Ihr? Wie kommt Ihr an dieses Verbindungsstück? Wenn Euch Meisterin Odna dazu angestiftet hat, dann ...«

Kandell schüttelt den hellen Haarschopf. »Nein, Meister Welran, es geht um etwas anderes. Ich bin Kandell Frost aus Schwarzerden und ...«

»Schwarzerden? Wie Ihr wohl wisst, Kandell Frost, habe ich mit der Stadt des Königs nichts mehr zu tun. Wenn Ihr mich also entschuldigen wollt ...«

»Wartet!« Der Magiernovize hebt die Glasvitrine nach oben, sodass Meister Welran sie sehen kann. »Kommt sie Euch nicht bekannt vor?«

Der Zauberer betrachtet die Mondtrompete nachdenklich. »Ihr wart also in meinem ehemaligen Labor ... Nicht einmal packen durfte ich damals, als mich König Sigur aus dem Schloss verbannt hat ... Ich nehme an, dass Ihr mir dieses Beispiel an Magiekunst nicht umsonst übergeben wollt?«

Kandell sieht entschlossen zu ihm herüber. »Ich will Euch nicht erpressen, aber wenn es nicht anders geht, habe ich keine Wahl.«

Ein zynisches Grinsen zieht sich über Welrans Gesicht. »Und was ist es, was Ihr so dringend von mir wollt, junger Magierschüler?«

»Nun, zuerst einmal, bitte ich um Eure Hilfe.«

KAPITEL 14

Ferrans Atem wird immer schwächer.

Zärtlich streicht Emsie über seine edlen Gesichtszüge und streift ihm die schwarzen Haarsträhnen, die an seiner verschwitzten Stirn kleben, zur Seite. Verzweiflung macht sich langsam in der jungen Frau breit. *Es muss doch irgendetwas geben, dass ich für ihn tun kann. Ich … Bei den Göttern was mache ich jetzt? Es sind bereits mehrere Stunden vergangen, seit wir hier eingesperrt worden sind. Wahrscheinlich graut bereits der Morgen …*

Das Einzige, das man ihnen zugestanden hatte, ist eine Kerze, deren schwaches leuchten, die einzige Lichtquelle in dem fensterlosen Raum bildet.

»Bitte stirb nicht, Ferran. Du musst noch etwas durchhalten, hörst du mich?«

Sie bekommt keine Antwort. Emsie sieht nach oben, zur kleinen Falltür über ihnen.

»Verdammt, gebt uns doch wenigsten Wasser! Hört ihr mich?!"

Doch auch hier erhält sie nur Schweigen als Antwort. *Es gibt keinen Weg hier raus, außer über die Lucke über mir. Ohne Seil komme ich da niemals hoch. Außerdem kann ich Ferran nicht allein lassen. Verdammt! Warum musste das alles so kommen?* Emsie bekommt auf einmal eine unglaubliche Angst. *Was wenn Ferran hier stirbt und ich … Ich beschuldigt werde, dem Prinzen geholfen zu haben, den König zu vergiften … Man wird mich dafür hinrichten lassen.* Sie musste an ihre Eltern und ihren Bruder denken. *Das kann ich ihnen nicht antun! Selbst wenn Ferran wirklich etwas damit zu tun haben sollte … Das gibt König Sigur nicht das Recht, uns einen fairen Prozess zu verwehren. Allerdings hat ihn das bisher auch nicht aufgehalten …*

Plötzlich bemerkt die Schwertkämpferin eine Veränderung. Es ist, als würde sich die Luft um sie herum auf einmal, wie bei einem Gewitter, elektrisch aufladen. Als ein kleiner Lufthauch über ihre Wange streicht, glaubt Emsie schon, dass sie langsam verrückt wird.

Dann erfolgt plötzlich ein ohrenbetäubender Knall. Ein Lichtkreis bildet sich auf einen Schlag in dem kleinen Raum, und Funken fliegen durch die Luft. Ängstlich drückt Emsie den bewusstlosen Prinzen enger an ihre Brust und schirmt ihn von den Lichtblitzen ab. Als dann plötzlich ihr Bruder aus dem magischen Portal auf sie zu stolpert, atmet sie erleichtert auf.

»Kandell! Du … Seit wann kannst du denn so etwas?«

Er sieht sie unsicher an und schüttelt den Kopf. »Kann ich nicht, aber mehr dazu später.« Der junge Magier beugt sich herunter und zieht den bewusstlosen Prinzen auf seine Schultern.

»Wir sollten uns beeilen. Sicherlich haben die Wachen das Öffnen des Portals ebenfalls gehört.«

Emsie steht auf und blickt in die Finsternis des leuchtenden Kreises vor ihr. »Wohin wird es uns bringen?«

»Du stellst Fragen! Weg von hier natürlich! Alles andere ist jetzt egal.«

Die Geschwister schrecken auf, als sie hören, wie über ihnen lautes Stimmengewirr ausbricht. Jemand beginnt, die Falltür zu entriegeln.

»Los jetzt.« Kandell schreitet mit Ferran auf dem Rücken durch das magische Portal hindurch. Die junge Frau folgt ihm skeptisch. Emsie ist für ein paar Sekunden jeglicher Sinnesreize beraubt, dann befindet sie sich plötzlich in einem Raum voller Bücher. Ein Mann mittleren Alters und gekleidet in einer vornehmen Magierrobe steht vor einem massiven dunklen Schreibtisch. Emsies Hand zuckt automatisch zu der Stelle, an der normalerweise ihr Schwert hängen würde, was ihrem Gegenüber nicht entgeht.

Der Zauberer sieht ernst zu ihr herüber und hebt vorsichtig die Hände. Das Portal hinter ihnen verschwindet auf einen Schlag. »Ich werde Euch nichts tun, Emsie Frost. Vielmehr habe ich geholfen, Euch und Euren kleinen Prinzen hier, zu retten.«

»Was? Wer seid ihr?«

»Das ist Meister Welran, ehemaliger Hofmagier des Königs von Chrandos. Du erinnerst dich daran, als ich von ihm sprach? Ich war es, der ihn um Hilfe gebeten hat.« Kandell liegt Ferran vorsichtig auf den Boden ab und prüft seinen Puls.

»Er ist bereits sehr schwach ...«

Die Schwertkämpferin kniet sich ebenfalls hin und fasst Ferran an die heiße Stirn. »Ich weiß nicht, was ich tun soll. Sein Fieber steigt immer weiter.« Sie sieht zu dem Zauberer herüber. »Ihr könnt ihm doch sicher helfen, oder? Irgendein Zauberspruch, den ihn von der Vergiftung heilt?«

Als der Mann mitleidig den Kopf schüttelt, breitet sich eine furchtbare Angst in der jungen Frau aus.

»Das ist nicht mein Fachgebiet. Allerdings kann ich euch zu jemanden schicken, der sich damit deutlich besser auskennt, als ich es tue.«

Die fremdartigen Worte, die dann über seinen Mund kommen, lassen Emsie die Haare zu Berge stehen. Erneut gibt es einen Knall. Die Schwertkämpferin muss nicht hinter sich sehen, um zu wissen, dass gerade ein neues Portal hinter ihr aus dem Nichts aufgetaucht ist.

»Auf der anderen Seite wird man euch helfen. Ihr solltet keine Zeit verlieren.«

Ihr Bruder nickt ihr aufmunternd zu und verbeugt sich tief vor dem Meister. »Ich und meine Schwester danken Euch für Eure Hilfe.«

Welran schüttelt den Kopf. »Ich habe Euch zu danken, junger Magierschüler. Und jetzt beeilt euch.«

Kandell und seine Schwester stützen den jungen Prinzen, während sie mit diesem erneut durch unendliche Schwärze schreiten. Dann stehen sie auf einmal vor einem kleinen Holzhaus im Grünen. Als die junge Frau sich umsieht, wird ihr bewusst, dass sie sich nicht mehr in der Nähe von Schwarzerden befinden. Die Gegend kommt ihr gänzlich unbekannt vor. Die Tür der Hütte wird sofort aufgestoßen und eine kleine ältere Frau stürmt heraus. Ihr graues, lockiges Haar umrahmt ihr freundliches Gesicht.

»Los beeilt euch! Bringt ihn sofort herein.«

Etwas perplex sehen sich die beiden Geschwister kurz an, dann folgen sie der Frau hinein. Drinnen riecht es nach Kräutern und Eintopf. Die Grauhaarige deutet mit dem Kinn auf ein mit einem weißen Laken überspanntes Strohbett. »Legt ihn da drauf.«

Sie beginnt an dem Platz, der wahrscheinlich die Küchenecke darstellt, verschiedene Mixturen und Kräuter in einen Topf zu kippen. »Eine Vergiftung, ja? Und das Gift ist nicht bekannt?«

Emsie schüttelt den Kopf und die Frau flucht, dass ein Seemann blass neben ihr ausgesehen hätte. »Also gut, dann wird es etwas komplizierter, als ich dachte.«

»Aber sie können ihm doch helfen, oder?« Besorgt sieht die junge Frau auf den Prinzen herunter. Dessen Gesicht scheint immer mehr an Farbe zu verlieren.

»Ich werde sehen, was sich machen lässt. Und jetzt raus ihr beide, lasst mich meine Arbeit machen! Husch, husch!« Mit der

Hand macht sie eine Bewegung, als könnte sie sie allein damit nach draußen schieben.

Die Schwertkämpferin schüttelt entschlossen den Kopf. »Nein, ich will bleiben. Es gibt doch bestimmt etwas, dass ich tun kann!« Der Blick in ihren Augen lässt die Kräuterfrau für einen Moment innehalten.

Kandell versucht sie am Ärmel nach draußen zu ziehen, aber sie schüttelt ihn genervt ab.

»Also gut, geh nach draußen in den Garten und pflücke so viel von dieser Pflanze, wie du finden kannst.«

Sie hält ihr eine getrocknete Blume vor die Nase, die mit ihrer sternenförmigen Blüte sogar recht hübsch aussieht.

Emsie nickt. »Das werde ich.«

Sie stürmt nach draußen, ihren Bruder im Schlepptau. Konzentriert sucht sie die Kräuterbeete nach der violetten Blüte ab.

Kandell beginnt hinter ihr zu seufzen und setzt sich abwartend auf eine alte Bank, die direkt vor dem Haus steht. Drinnen hört er die Kräuterfrau mit den Töpfen scheppern.

Nach einer Weile, Emsie beginnt gerade zu verzweifeln, weil sie keine einzige der Blüten finden kann, geht der Magierschüler zu ihr. »Emsie ... Dir muss doch klar sein, dass du die Pflanze hier nicht finden wirst.«

Sie sieht ihn nur mit Unverständnis an. »Aber die Kräuterfrau sagte doch ...«

»Sie hat dich angelogen, damit du sie nicht bei der Arbeit störst.«

Die Schwertkämpferin starrt betreten zu Boden, als sie begreift. »Oh ...« Tränen beginnen sich in ihren braunen Augen zu sammeln.

Ihr Bruder geht zu ihr herüber und nimmt sie in die Arme. »Wir können jetzt nichts anderes tun, als zu warten, Schwester. Sie muss sehr gut sein, wenn Meister Welran sie empfiehlt.« Er führt Emsie hinüber zu der alten Holzbank, die gerade von den ersten Strahlen der Morgensonne erleuchtet wird. Gemeinsam setzten sie sich. Kandell lässt prüfend seinen Blick über seine Schwester gleiten.

»Der Bluterguss in deinem Gesicht … Wer war das?«

Die junge Frau schüttelt den Kopf. »Du zuerst, Kandell. Sag mir lieber, was mit Vater und Mutter passiert ist. Und wie du den Zauberer überredet hast, uns zu helfen.«

Er nimmt ihre Hand. »Vater und Mutter sind außer Gefahr. Tradorn hat mir versichert, dass ...«

»Tradorn? Der Berater des Königs?«

»Ja … Du hast einiges verpasst, als du im Verlies gesessen hast, Emsie. Der Rat der Krone hat in derselben Nacht noch eine Versammlung einberufen und den König einstimmig entmachtet! Noch ist es nicht offiziell, aber ich wette sie werden es in wenigen Stunden verkünden.«

»Was? Ich wusste nicht, dass so etwas geht!«

»Nur, wenn sich auch der Rest der königlichen Familie dafür ausspricht. Und da Ferran gerade nicht ansprechbar ist, lag es an Edwin.«

»Edwin! Sag mir nicht, dass er der neue König von Chrandos werden soll!«

Ihr Bruder nickt. »Er soll das Amt seines Vaters übernehmen. Als Thronerbe steht es ihm ohnehin zu.«

Emsie schüttelt den Kopf. »Ich traue ihm nicht, Kandell. Er war dort, als der König Ferran töten wollte. Und das sicherlich nicht rein zufällig. Viel mehr kam es mir vor, als hätte er das Ganze inszeniert ...«

»Hast du Beweise dafür?«

»Nein ...«

»Dann pass besser auf, was du sagst! Unsere Familie ist schon einmal wegen dir fast im Kerker gelandet.«

Die junge Frau sieht ihn schockiert an. »Das ist nicht fair! Woher sollte ich wissen, dass das alles passieren würde?«

»Du wusstest, wer er ist.« Er deutet mit dem Kopf hinter sich. »Und was es bedeutet, wenn du dich einmischst.«

Emsie ballt die Hände zu Fäusten, sagt aber nichts mehr.

»Tradorn und der Rat kümmern sich um alles. Zusammen mit Edwin. König Sigur selbst wird vorerst in seinen Gemächern festgehalten, bis entschieden wird, was mit ihm gemacht wird. Ich habe Welran kontaktiert, weil ich mir dachte, dass er vielleicht durch seine Abneigung gegen den König gewillt sein wird, mir zu helfen, dich und Ferran aus dem Verlies herauszuholen. Und so war es schließlich auch. Außerdem wusste ich durch den Berater des Königs, dass es nicht gut um Ferrans Leben steht. Er kam noch einmal persönlich bei uns vorbei und hat uns nach dir und deiner Beziehung zu dem Prinzen ausgefragt. Du hättest die Gesichter unserer Eltern sehen sollen, als sie gehört haben, dass du zusammen mit Ferran im Kerker der Stadt sitzt. Sie waren schon vorher ziemlich außer sich vor Sorge gewesen, weil du nicht in deinem Zimmer warst. Die magische Illusion hatte ich vorsichtshalber entfernt, als die Soldaten in unser Haus eingedrungen sind. Das hätte alles nur noch unnötig verkompliziert.«

Ein Moment der Stille entsteht zwischen den beiden, dann ergreift die Schwertkämpferin wieder das Wort. »Danke, Kandell.«

Dieser nickt. »Du weißt, dass ich das nicht für ihn getan habe.«

»Ich weiß, aber trotzdem, danke.«

Auf einmal hören sie ein Räuspern hinter sich. Beide fahren erschrocken herum. Die Kräuterhexe steht auf der Schwelle ihrer Hütte und sieht zu ihnen herüber. »Ich bin soweit fertig.

Ich habe getan, was ich konnte, aber jetzt liegt es an ihm. Wir können nur noch abwarten.«

Emsie springt von der Bank auf. »Kann ich zu ihm?«

Sie nickt. »Natürlich, aber er wird die nächsten Stunden nicht aufwachen. Wenn er die Nacht überlebt, sehe ich gute Chancen, dass er wieder gesund wird.«

Die Schwertkämpferin stürmt an der Kräuterfrau vorbei in die kleine Hütte hinein.

Kandell seufzt und verbeugt sich knapp vor ihr. »Ich danke Euch, dass Ihr Euch um ihn kümmert. Auch im Namen meiner Schwester. Meister Welran hat mir Euren Namen nicht verraten.«

»Du brauchst nicht so förmlich mit mir zu reden, junger Magier. Nenne mich einfach Senna.«

»Dann, danke Senna, für deine Hilfe. Ich werde dafür sorgen, dass man dich dafür angemessen entlohnen wird.«

Die Kräuterfrau zuckt nur mit den Schultern. »Das ist mein Beruf. Ich mache nur meine Pflicht.« Sie mustert Kandell mit ihren dunklen Augen. »Wie wäre es jetzt mit einem Happen zu essen? Ich habe noch Eintopf im Kessel, wenn ihr beide möchtet ...«

Die Augen des jungen Magiers erstrahlen. »Gerne! Ich bin fast am Verhungern!«

»Das sind alle Männer in deinem Alter. Na dann, folge mir.«

Als Kandell eintritt, sieht er seine Schwester am Krankenbett von Ferran sitzen. Er bemerkt den Blick, den Emsie dem Königssohn zuwirft, und seufzt laut. Fast wünscht er sich, der Prinz würde die Nacht nicht überstehen. Aber nur fast.

Der junge Magier wischt mit seiner Handfläche einmal über die Wasserschale und das Bild von Meister Welran beginnt sich aufzulösen. Er tritt zu seiner Schwester heran, die Sennas mittlerweile kalten Eintopf nicht mal einen Blick gewürdigt hat.

»Ich muss gehen, Emsie. Meister Welran will mich sprechen. Außerdem sollte ich mit Vater und Mutter reden. Sie machen sich sicherlich sorgen.«

Die junge Frau nickt und sieht mit schlechtem Gewissen zu ihrem Bruder herüber. »Sag ihnen, dass es mir leidtut. Aber ich konnte nicht anders.«

Kandell nickt. »Ich werde es ihnen Ausrichten.«

Ein Knall erschallt draußen vor der Haustüre. Die Kräuterhexe streckt ihren lockigen Kopf aus ihrer Vorratskammer hervor.

»Richte dem Zauberer schöne Grüße von mir aus, Kandell. Er soll sich mal wieder persönlich hier blicken lassen!«

Ihr Bruder verabschiedet sich mit einer Verbeugung vor Senna und verspricht ihr, es dem Meister sofort mitzuteilen.

Nachdem der Magierschüler gegangen ist, tritt die kräuterkundige Frau an Emsie heran. »Du solltest etwas essen, Mädchen. Dein Prinz wird dir nicht davonlaufen. Er wird erst einmal eine Weile schlafen.«

Die Schwertkämpferin nickt nur, bleibt aber stur an Ort und Stelle sitzen. Senna zuckt mit den Schultern und wendet sich wieder ihrer Arbeit zu.

Als die Sonne langsam unter geht, fangen Emsies Augen an, immer schwerer zu werden. Sie sieht zu Ferran herüber, der durch das Fieber immer noch stark schwitzt und wischt ihm mit einem feuchten Tuch über die Stirn. Als sie dabei vor Müdigkeit fast das Gleichgewicht verliert, steht sie schließlich auf und legt sich vorsichtig neben den Prinzen ins Bett. Verzweifelt beobachtet die Schwertkämpferin den bewusstlosen Mann. »Bitte stirb nicht, Ferran, hörst du? Das würde ich dir niemals verzeihen.« Es dauert nicht lange, bis ihr die Augen vor Erschöpfung zufallen und sie in einen tiefen Schlaf fällt.

Ferran spürt seinen beunruhigend schnellen Herzschlag, als er langsam die verkrusteten Augenlider öffnet. Es ist dunkel um ihn herum, aber das Zwitschern der Vögel verrät ihm, dass der Sonnenaufgang nicht mehr lange auf sich warten lassen wird. Etwas hält seinen rechten Arm umklammert, und er sieht langsam zur Seite. Das Gesicht mit der kleinen Stupsnase, den langen Wimpern und dem herzförmigen Gesicht kommt ihm nur allzu bekannt vor. Er dreht sich zu Emsie um und streift eine Haarsträhne aus ihrem schlafenden Gesicht, dann beginnt er, sich langsam aufzurichten.

Als er auf der Bettkante sitzt, wird ihm schwindelig, und er muss für einen Moment kurz innehalten. Ferran sieht sich in der fremden Hütte um und steht schließlich auf. Sein unglaublicher Durst führt ihm zu einer großen Glaskaraffe mit Wasser. Seine Finger zittern, als er sich die Flasche an den trockenen Mund setzt. Als Ferrans Durst gestillt ist, zieht es ihn nach draußen an die frische Luft. Vorsichtig öffnet er die schwere Holztüre, blickt sich suchend um und setzt sich dann schließlich auf die Bank vor dem Haus. Ihm schwirrt immer noch der Kopf. Während der Königssohn sich versucht zu erinnern, was alles Geschehen war und wie er überhaupt hierhergekommen ist, sieht er plötzlich Emsies Bruder vor sich stehen.

Dichte Nebelschwaden ziehen sich hinter dem Mann durch das feuchte, tauschwere Gras. Der Prinz blickt ihn mit seinen kalten Augen lange an, bevor er den Mund öffnet.

»Wo kommst du denn auf einmal her? Bist du jetzt in der Lage, einfach aus dem Nichts aufzutauchen, Magierschüler?«

Kandell verzieht die Mundwinkel zu einem zynischen Lächeln. »Nein, leider bin ich dafür noch viel zu schlecht. Meister Welran hat mich hierhergeschickt. Wieder einmal.«

Ferran hebt überrascht die Augenbrauen an. »Welran hat dich geschickt? Dann war er es, der uns auch hierhergebracht hat, nicht wahr?«

Der Mann mit den hellen Haaren nickt. »Er hat ein Portal geöffnet, mit dem ich in das Verlies kommen konnte, um Euch und Emsie zu befreien. Und ein anders, um uns alle hierher zu schicken. Zu jemandem, der Euch vielleicht retten kann. Und wie ich sehe, hat die Kräuterhexe es geschafft.«

Der junge Prinz zieht angestrengt die schwarzen Brauen zusammen und grinst zynisch. »Das hört sich nicht so an, als würdest du dich besonders darüber freuen, Kandell. Aber ich verstehe schon, du hast es wegen ihr getan, nicht wahr? Auch gut, dann muss ich mich auch nicht bei dir für meine Rettung bedanken.«

»Ferran!«

Die beiden Männer drehen ihre Köpfe zeitgleich zur Türschwelle. Emsie steht dort. Die Morgensonne fällt über ihr gelöstes Haar und lässt es golden leuchten. Sie überspringt die Stufen der kleinen Treppe und fällt dem Königssohn in die Arme. Dieser hat aufgrund seines Zustands Mühe, mit ihr das Gleichgewicht zu halten.

Kandell beobachtet schweigend, wie sich auf einmal der Blick des Prinzen verändert. Plötzlich liegt darin eine Zärtlichkeit, die er nie für möglich gehalten hätte.

Ferran drückt die Schwertkämpferin fest an sich. Nach einem kurzen Moment löst sich Emsie aus der Umarmung und sieht den jungen Prinzen mit finsterer Miene an. Tränen schimmern in ihren Augenwinkeln.

»Sei nicht so unfreundlich zu meinem Bruder, Ferran. Ohne ihn würden wir immer noch in diesem Verlies sitzen. Wäre er nicht so schnell gekommen, dann … Also … Dann …«

»Wäre ich gestorben? Willst du das sagen?«

Sie blickt ihm in die Augen und nickt. »Du bist vergiftet worden. Kannst du dich daran erinnern?«

»Ich erinnere mich.« Er streicht ihr sanft über die Wange, die sich mittlerweile blau verfärbt hat. »Ich weiß, was mein Vater getan hat und was er versucht hat zu tun.«

»Erinnerst du dich an Edwin?«

»Edwin? War er auch da?«

»Ja, er kam mit Tradorn in dein Zimmer, kurz nachdem ich dich dort gefunden hatte. Anscheinend war das, was dein Vater dir angetan hat, für die adligen Häuser in Schwarzerden der Auslöser, den König seines Amtes zu entheben.«

Der Prinz lacht auf einmal laut auf. »Was? Das ist nicht möglich, es sei denn …«

»… Der Rest der Königsfamilie hat sich ebenfalls dafür ausgesprochen.« Kandell sieht ernst zu den beiden herüber. »Edwin unterstützt den Rat und will, dass der König für seine Taten zur Rechenschaft gezogen wird.«

Der Königssohn schüttelt mit einem zynischen Lächeln auf den Lippen den Kopf. »Natürlich! Edwin hat seine Chance gewittert und sie ergriffen. Jetzt wird mir einiges klar.«

Die junge Frau verschränkt die Arme vor der Brust. »Wenn du damit meinst, dass mehr hinter Edwins Motiven steckt, als man denken würde, bin ich ganz deiner Meinung.«

Kandell schüttelt den Kopf. »Wartet einmal. Emsie, was ist mit der Anklage des Königs, dass es Prinz Ferran war, der zuerst versucht hat, ihn zu ermorden? Hast du einmal drüber nachgedacht?«

Die Schwertkämpferin sieht ihren Bruder wütend an. »So weit würde Ferran nicht gehen. Und wenn, würde er es auf nicht so stümperhafte Weise tun.«

Während der junge Prinz kurz lächeln muss, starrt Kandell sie nur schockiert an. »Weißt du überhaupt, was du da sagst, Schwester? Wenn er wirklich ...«

»Nein.« Ferran fährt dem Magierschüler ins Wort. »Ich habe nichts dergleichen getan. Auch wenn ich zugeben muss, dass ich mir so etwas schon das ein oder andere Mal bereits ausgemalt habe. Ich weiß nicht, wer das getan hat, aber ich schätze, mein lieber Bruder hat dabei seine Finger im Spiel. Er ist schon immer der Geschäftigere von uns beiden gewesen.«

Kandell ballt wütend die Hände zur Faust. »Ist das etwa witzig für Euch?«

»Könnte ich nicht so tun, als wäre es das, hätte ich mich schon vor Jahren von meinem Balkon gestürzt. Du weißt nichts über mich Kandell und trotzdem tust du so über mich Urteilen, als würdest du es. Passt auf, was du sagst.«

Mit beunruhigtem Gemüt sieht Emsie zwischen ihrem Bruder und Ferran hin und her. »Das reicht, ihr beiden! Jetzt ist nicht der richtige Zeitpunkt für so etwas.« Sie blickt zu dem Prinzen herüber. »Du solltest dich mehr ausruhen und weniger Streiten. Auch wenn es dir noch so schwerfallen mag. Und du Kandell, solltest nicht vorschnell über ihn urteilen. Wie wäre es, wenn du mir und meiner Einschätzung etwas mehr Vertrauen schenken würdest? Bei Edwin, übrigens, wäre ich deutlich vorsichtiger. So wie er mich angestarrt hat, als ich vor dem König auf dem Fußboden lag, sah es eher so aus, als hätte ich seinen Plan zunichtegemacht, seinen Bruder von König Sigur töten zu lassen.«

Der junge Novize blickt abschätzig zu seiner Schwester herüber. »Warum sollte er Ferran beseitigen wollen? Er ist selbst der offizielle Thronerbe. Natürlich wird er als erster als

Ersatz für seinen Vater vorgesehen. Schließlich wurde er sein gesamtes Leben darauf vorbereitet. Nicht jeder Mensch kann schließlich einfach so ein Anführer und Herrscher werden.«

»Aber er muss dem Königsgeschlecht entsprungen sein. Aber das ist eine andere Sache…«

Ihr Bruder seufzt laut. Emsie ignoriert ihn und setzt erneut an. »Wenn es Edwin schafft, den Rat der Krone auf seine Seite zu ziehen, warum Ferran dann nicht irgendwann auch? Er ist für ihn eine potenzielle Bedrohung. Und das reicht ihm als Grund leider aus.«

Kandell schüttelt erneut den Kopf. »Du sprichst, als wäre der Rat bereit erneut wieder etwas zu tun, was nicht einmal in 500 Jahren vorgekommen ist.«

Emsie will gerade zu einer Antwort ansetzen, als Ferran ihr zuvorkommt. »Mein Bruder hasst mich, weil mein Leben den Tod meiner Mutter herbeigeführt hat. Ich schätze, wenn sie noch da gewesen wäre, wäre tatsächlich alles anders verlaufen … Wahrscheinlich hat er mich nur benutzt, um den Rat Vaters Grausamkeit vor Gesicht zu führen. Dass ich dabei sterben könnte, war ihm herzlich egal.«

Die beiden Geschwister sehen überrascht zu ihm herüber. »Und du, Emsie hast etwas Wichtiges angesprochen. Das Land sollte nicht von einer Dynastie von Menschen beherrscht werden, die sich nicht dafür eignen. Oder unfreiwillig dort hineingeboren worden sind. Meine Familie beherrscht Chrandos schon seit seiner Gründung. Irgendwann haben sich Grausamkeit und Tyrannei eingeschlichen und wurden mit jeder Generation stärker. Es ist Zeit, dem ein Ende zu setzen.«

Die junge Frau sieht nachdenklich zu ihm herüber. Ihr Bruder zuckt nur mit den Schultern, sein Blick ist aber nicht mehr so sicher wie zuvor. »Wie auch immer, ich bin eigentlich gekommen, um mit meiner Schwester zu sprechen.«

Die junge Frau wendet sich ihm neugierig zu. »Du hast mit Vater und Mutter gesprochen, nicht wahr?«

Kandell nickt. »Ich habe ihnen alles erzählt, Emsie. Das musste ich. Sie wollen, dass du sofort nach Hause kommst.«

Sie sieht ihn mit ihren Augen still an, dann schüttelt sie langsam den Kopf. »Das kann ich nicht. Ferran sollte sich erst wieder erholen.«

»Emsie ...«

Ferran fasst ihre Hand. »Du solltest mit ihm gehen.«

Für einen kurzen Moment bemerkt der Magierschüler Zweifel in ihren Augen aufblitzen, doch dann schüttelt sie stur erneut den Kopf.

»Nein.«

Der Prinz sieht entschuldigend zu Emsies Bruder herüber. »Tja ich habe es versucht ...«

Kandell muss kurz lächeln. »Sie ist wie immer ein unglaublicher Dickkopf. Aber du hast es immerhin geschafft, für einen kurzen Moment, Zweifel in ihr zu säen. Das ist mehr als ich in den 19 Jahren, die ich sie bereits kenne, geschafft habe.«

Auch der Prinz lächelt für einen Moment. Die Schwertkämpferin blickt irritiert zwischen den beiden Männern hin und her.

»Redet nicht über mich, als wäre ich nicht hier! Und Kandell, ich bin alt genug, selbst zu entscheiden, was ich für richtig halte.«

Der Magiernovize seufzt und nickt schließlich. »Ich werde es ihnen ausrichten.«

Nachdem ihr Bruder unverrichteter Dinge wieder gegangen ist, steckt Senna ihren lockigen Kopf durch das Küchenfenster. »Seid ihr endlich fertig? Prinz Ferran, Ihr solltet Euch ausruhen! Ab ins Bett mit Euch! Sonst schleife ich

Euch höchst persönlich wieder hier rein!« Sie klappt das Fenster mit einem Ruck zu.

Emsie hilft Ferran, dessen Glieder noch steif von dem Gift sind, gehorsam wieder ins Haus. Im Bett ist er so schnell wieder eingeschlafen, dass die junge Frau nur den Kopf schütteln kann. *Es muss ihm vorhin all seine Kräfte gekostet haben. Aber er hat sich nichts anmerken lassen.*

Langsam scheinen die ersten Sonnenstrahlen durch das kleine Fenster herein. Senna kommt ins Zimmer gelaufen und gibt der Schwertkämpferin mit einem Wink zu verstehen, ihr leise zu folgen. Als sie draußen im Garten angekommen sind, drückt die Kräuterhexe ihr einen kleinen Tiegel in die Hand. »Das ist für dein Gesicht, Emsie. Schmiere täglich etwas davon auf die Schwellung.«

»Danke. Für alles. Ich weiß nicht, wie wir dich dafür bezahlen sollen ...«

Die alte Frau schüttelt ihren Kopf, dass die Locken fliegen. »Keine Sorge, ich wurde bereits entsprechend entlohnt.«

»Ach ja? Von wem?«

»Von Welran, dem vertriebenen Zauberer.« Sie lacht kurz auf. Emsie zuckt unsicher mit den Achseln. »Warum tut er das? Standen er und Ferran sich so nahe?«

»Das fragst du die beiden lieber selbst.«

Nach kurzem Zögern nickt die junge Frau. »Wo genau sind wir hier eigentlich? Sind wir überhaupt noch in Chrandos?«

Senna schüttelt den Kopf. »Das hier ist Benap fenn, der Beginn des Elfenreiches.«

Emsie reißt erstaunt die Augen auf. »Was? Dann sind wir nicht weit von Damasdra und Thenos Schande entfernt!«

Senna nickt anerkennend. »Woher kennst du diesen Ort?«

»Ein berühmter Meister der Schwertkunst lebt dort. Es war immer ein Traum von mir, einmal dorthin zu gehen. Was für ein unglaublicher Zufall ...« Emsie blickt nachdenklich in die Ferne.

Ein Mann betritt währenddessen ungesehen die alte Hütte der Kräuterhexe. Auf leisen Sohlen geht die Gestalt, deren Körper in einer feinen, kunstvoll bestickten Robe steckt, in die kleine Kammer hinein. Er schreitet zu Ferran herüber, und formt über seinem Gesicht ein Zeichen. Prompt schlägt der junge Prinz die Augen auf und starrt zu dem unangekündigten Besucher herüber.

»Meister Welran! Ich habe mich schon gefragt, wann du hier auftauchen würdest.«

Der Zauberer verbeugt sich knapp. »Ich bin froh, dass es Euch gut geht, mein Prinz.«

»Du bist doch nicht nur gekommen, um nach meinem Wohlbefinden zu sehen. Sag schon, was willst du?«

Der Mann räuspert sich verlegen. »Es geht um Edwin. Mir ist zu Ohren gekommen, dass er den Rat der Krone tatsächlich davon überzeugen konnte, dass Ihr es wart, der versucht hat, euren Vater zu töten. Der Attentäter, den man in Sigurs Gemächern festgenommen hatte, hat alles gestanden.«

»Natürlich hat er das.« Ferran setzt sich auf die Bettkante und starrt aus dem Fenster, wo er Emsie dabei beobachtet, wie sie sich mit der Kräuterhexe unterhält. »Und bist du hier, um mich in Gewahrsam zu nehmen? Damit Edwin dich zu seinem neuen Hofmagier ernennt?«

Welran sieht den jungen Prinzen für einen Moment nur an, dann schüttelt er langsam den Kopf. »Nein, Ferran. Ich bin Euer Freund, habt Ihr das schon vergessen?«

Ferran lacht bitter auf. »Du bist also hier, um mich zu warnen? Vor dem, was mich erwarten wird, falls ich meinem Bruder noch einmal unter die Augen treten sollte ...«

Der Magier blickt mitleidig zu ihm herunter. »Ich fürchte ja. Der neue König von Chrandos achtet peinlichst genau darauf, die Gesetze zu befolgen. Wie Ihr Euch vorstellen könnt, ganz im Sinne des Rates. Solltet Ihr zurückkehren, werdet Ihr dafür am Strick baumeln.«

Der junge Mann nickt und sieht den Magier gefasst an. »Danke, Welran. Du warst für mich immer mehr ein Vater, als mein eigener es je sein könnte. Aber du solltest jetzt gehen. Ich muss über einiges nachdenken.«

Der Zauberer verbeugt sich erneut. »Ich werde am Abend des dritten Tages erneut mit Kandell zusammen hier erscheinen. Bis dahin habt Ihr hoffentlich genug Zeit ...«

Ferran bemerkt ein leichtes Zögern in seiner Stimme. »Ist noch irgendetwas?«

Welrans Blick fällt nach draußen auf Emsie. »Ihr solltet sie nach Hause schicken.«

»Ich tue hier überhaupt nichts, Welran. Sie hat ihren eigenen Kopf. Wahrscheinlich ist sie genauso stur, wie ich es bin. Aber das heißt nicht, dass du unrecht hast ...«

Der Magier räuspert sich leise. »Übrigens ... Habe ich von ihrem Bruder gehört, dass Ihr das Opfer eines Fluchs wurdet.«

»Dann weißt du auch, dass es Kandell war, der ihn durch einen Trank brechen konnte.«

Welran nickt. »Er hat es mir erzählt. Genauso wie er mir die genaue Zusammensetzung des Zaubertranks erläutert hat.«

»Und?«

»Nun ... Ich muss zugeben, er war nah dran, aber nichtsdestotrotz, war das Gebräu wirkungslos. Der Fluch ist nicht dadurch gebrochen worden.«

»Was soll das heißen?«

»Dass ein Fluch auch auf andere Weise gelöst werden kann. Insbesondere, wenn es der verfluchte selbst war, der ihn gewirkt hatte.«

Ferran schüttelt den Kopf. »Du meinst, ich habe mich selbst verflucht, ja? Das ist doch lächerlich!«

Der Magier sieht den Prinzen durchdringend an. »Ihr seid Eurer Mutter so ähnlich, Ferran… Wir wissen beide, dass Ihr oft genug in einem Zustand wart, der häufig in Selbsthass geendet hatte. Und jeder Mensch besitzt eine feine Gabe der Magie, wenn sie auch unterschiedlich ausgeprägt sein mag. Unsere Gedanken und Gefühle haben Einfluss auf unsere Umgebung. Was wir Magie nennen, ist letztendlich die Fähigkeit, die Wirklichkeit seinem eigenen Willen zu unterwerfen. Nur wenige Menschen schaffen es, das bewusst zu tun. Und im Gegensatz zu den Elfen ist es für uns zwar deutlich schwerer, Zauberei zu erlernen, doch auch in unseren Reihen gibt es durchaus auch welche mit Potenzial, wie zum Beispiel Emsies Bruder. Aber genug davon. Ich denke, Ihr wisst, dass ich recht habe. Sich langsam in Stein zu verwandeln, passt zu Euch, findet Ihr nicht?«

Der Königssohn blickt nachdenklich aus dem Fenster. Stille breitet sich in dem kleinen Raum aus. Schließlich wendet sich der Prinz mit ernstem Gesicht an Welran.

»Könntest du mir einen Gefallen tun?«

Der Zauberer sieht überrascht auf, dann nickt er.

Als die Schwertkämpferin wenig später die Hütte betritt, findet sie Ferran allein und mit geschlossenen Augen, auf dem Bett liegend, vor. Auf leisen Sohlen schleicht sie zu ihm herüber und legt vorsichtig eine Hand auf seine Stirn. Als sie die normale Körpertemperatur spürt, nickt sie zufrieden und bewegt sich lautlos wieder aus dem Raum hinaus. Ferran sieht ihr unter gesenkten Liedern heimlich nach. Er liegt in dieser Nacht noch lange wach und denkt über seine ungewisse Zukunft nach.

KAPITEL 15

Edwin knirscht vor Wut mit den Zähnen. Am liebsten würde er denjenigen, der für die Flucht seines Bruders verantwortlich ist, mit bloßen Händen ausweiden.

Wie konnte das nur passieren? Wie konnten Ferran und seine kleine Hure einfach so aus dem Kerker verschwinden? Nachdenklich blickt er aus dem Fenster seiner Gemächer auf den Hofgarten. Es regnete leicht und die Nässe verstärkte die farbenfrohe Pracht der Sommerblumen und das Grün der Blätter.

Was soll das, Bruder?

Plötzlich klopft es und jemand öffnet die schwere Eichentür zu seinem Zimmer. Edwin dreht sich um, ein genervter Ausdruck auf seinem Gesicht. *Endlich! Eine Frechheit, mich so lange warten zu lassen. Aber nun gut …*

Der Mann, der in Türrahmen steht, sieht sich staunend in dem sauberen und geschmackvoll eingerichteten Raum um. Er trägt die leichte, silberblaue Rüstung der Wachleute und hat sich den passenden Helm dazu unter den rechten Arm geklemmt. Eilig verbeugt er sich unter dem strengen Blick des Kronprinzen.

»Ihr habt nach mir geschickt, Eure Hoheit?«

Edwin nickt. »Ich will wissen, was genau im Verlies geschehen ist, als mein Bruder geflohen ist. Bis in das kleinste Detail. Habt ihr irgendetwas Ungewöhnliches gehört oder gesehen?«

Der Wachmann muss unter dem eisigen Blick des Königs schwer schlucken. »Also … eigentlich ist uns zuvor nichts aufgefallen. Wir haben zum Zeitvertreib in der Wachstube gewürfelt und Kalgur hat ...«

»Das interessiert mich nicht!«, unterbricht ihn Edwin zornig. Der Mann vor ihm sieht erschrocken zu ihm auf. »Ihr habt die Kerkerkammer geöffnet und nachgesehen. Warum?«

»Nun … Kalgur und ich haben einen Knall gehört, der von unten aus der Zelle kam. Das ist nicht unbedingt ungewöhnlich, müsst ihr wissen. Manchmal drehen die Gefangenen dort unten durch und schlagen sich die Köpfe an der Steinmauer ein. Aber dieses Mal war es Lauter und irgendwie … Anders. Eher so, als würde man einen Papierbeutel zum Platzen bringen. Und plötzlich pfiff der Wind seitlich an der Falltür vorbei, in die Stube hinein. Das war schon äußerst merkwürdig.«

Edwin verzog nachdenklich die Augenbrauen. »Ein Knall und ein Windzug?« *Das kann doch nicht … Oder etwa doch? Welran, dieser verdammte Zauberer! Natürlich war er es, der Ferran geholfen hatte! Er muss ein Portal erschaffen haben, durch das die junge Frost und mein Bruder fliehen konnten.*

»Als wir nachgesehen haben, war nichts mehr von ihnen zu sehen. Als hätten sie sich einfach in Luft aufgelöst! Ich ...«

Edwin hebt die Hand und bringt den Wachmann somit abrupt zum Schweigen.

»Das genügt mir, du kannst jetzt gehen.«

Der Mann nickt nur unterwürfig, setzt den Helm wieder auf seinen Kopf und macht sich auf den Weg nach draußen. Dabei rennt er fast in Tradorn hinein, der in diesem Moment durch die Tür schreiten will. Die Wache macht ihm rasch mit gebeugtem Haupt Platz und verschwindet dann eiligst hinaus. Der königliche Berater verbeugt sich vor dem Prinzen.

»Wie ich sehe, habt Ihr den Wachmann bereits vernommen. Konntet Ihr etwas Interessantes in Erfahrung bringen?«

Edwin nickt ihm knapp zu. »Ferran hatte Hilfe von außen. Anscheinend hat Welran, der ehemalige Hofzauberer seine Finger im Spiel. Laut dem, was die Wachen gehört haben, hat er ein Portal erschaffen, dass den versuchten Königsmörder zur Flucht verholfen hat.«

Der königliche Berater reißt erstaunt die Augen auf. »Welran? Ich dachte mit schon, dass es unklug von König Sigur war, diesen stolzen Mann auf solch demütigende Weise aus dem Schloss zu verbannen. Und Ihr seid Euch also sicher, dass Prinz Ferran derjenige ist, der ...«

Versucht hat, den König zu vergiften? Natürlich! Der Auftragsmörder hat alles gestanden. Außerdem war es nur eine Frage der Zeit, bis mein labiler Bruder so etwas versuchen würde. Er hat unseren Vater aus tiefster Überzeugung gehasst.« *Und das ist auch das Einzige, in dem wir uns je einig sein werden.*

Tradorn verschränkt nachdenklich die Arme vor seinem roten Mantel. »Vergesst nicht, Prinz Edwin, dass unter Folter oft das gesagt wird, was der Folterer hören möchte. Und was ist mit Emsie Frost? Ich würde ihre Eltern nur ungern unter Hausarrest halten, wenn ihre Tochter unschuldig ist. Für mich sah es so aus, als hätte sie versucht, Prinz Ferran das Leben zu retten.«

Der Kronprinz lächelt kühl. »Ich weiß, dass Ihr Ferran das nicht zugetraut hättet. Aber ihr kennt ihn nicht, Tradorn. Genauso wenig wie ich. Vater hat ihn schon von klein auf von allem und jeden isoliert. Vielleicht hat König Sigur schon geahnt, dass mit ihm etwas nicht stimmt. Und was die Tochter der Frosts angeht: Wahrscheinlich hat er all dies schon länger geplant, als sich die beiden überhaupt kennen. Aber wir sollten trotzdem ein Auge auf sie haben. Sie ist schließlich mit ihm zusammen geflohen. Außerdem ist die Verbindung der beiden mehr als skandalös! Sie soll genauso gesucht werden, wie Ferran. Ihre Familie kann meinetwegen vom Hausarrest befreit werden. Aber lasst sie heimlich überwachen. Und legt ein ganz besonderes Augenmerk auf den Zauberlehrling, Kandell Frost. Vielleicht ist er die Verbindung zu Welran.«

Der königliche Berater nickt zustimmend und streift sich über seinen weißen Bart. »Ich werde alles veranlassen, Eure Hoheit. Aber nun zu einer dringenderen Sache: Werdet Ihr zu Eurem Vater gehen und ihn verhören? Ich kann Euch begleiten, wenn Ihr diesbezüglich meine Unterstützung benötigt.«

Edwin schüttelt gebieterisch den Kopf. »Nein, Tradorn. Ich werde allein mit ihm sprechen. Wann wird der Rat einberufen? Ich will baldmöglichst das Schicksal von König Sigur besiegeln und alle Vorbereitungen für meine Krönung veranlassen.«

»Natürlich, aber vergesst nicht, dass Euer Vater das Recht auf einen fairen Prozess hat. In Chrandos wurden schon immer Recht und Gesetz hochgeachtet. Auch wenn König Sigur das leider in den letzten Jahren seiner Regentschaft vergessen hat. Achtet die Verfassung von Chrandos und der Rat folgt Eurem Befehl, Prinz Edwin. Wir können uns bereits heute Abend versammeln, wenn Ihr das wünscht. Auch denke ich, sollten wir die Menschen von Chrandos baldmöglichst von den Neuigkeiten unterrichten, meint Ihr nicht?«

Der Thronfolger nimmt einen blauen Mantel vom Kleiderständer neben seinem Bett und zieht ihn sich über den mit Gold bestickten Wams. Kurz betrachtet er sein Äußeres im Spiegel. »Natürlich, Tradorn. Aber alles zu seiner Zeit. Zunächst einmal müssen wir die Krönung und die Suche nach Ferran besprechen. Wenn er unter dem Schutz von Welran steht, wird es äußerst schwierig werden, ihn zu finden und festzunehmen. Ihr kennt ja seine Gabe. Und nun, entschuldigt mich.«

Tradorn nickt ihm ernst zu. »Natürlich. Wir sehen uns dann bei der Zusammenkunft heute Abend.«

Edwin lässt den alten Berater des Königs allein in seinen Gemächern zurück und begibt sich auf den Weg ins Verlies der Burg. Zügig steigt er die massiven Stufen hinunter. *Dieser verdammte Rat und sein krampfhaftes Klammern an die Gesetzte! Sobald ich König bin, werde ICH es sein, der die Macht hat! Aber ich muss mich in Geduld üben. Ich darf nicht den gleichen Fehler machen wie Vater und den Rat der Krone unterschätzen. Ich muss sie langsam einen nach dem andern loswerden und sie gegen treue Anhänger meiner Regentschaft austauschen ...*

Die Burg von Schwarzerden ist eine der größten und beeindruckendsten Bauwerke von ganz Chrandos und besitzt ein weitläufiges Geflecht an Katakomben, die tief hinunter in die Gedärme der Erde hineinreichen. Die vielen Gänge sind angeordnet wie ein Spinnennetz und treiben einen unachtsamen Besucher schnell in die Irre. Nur ein kleiner Teil dieses unterirdischen Bereichs wird als Verlies benutzt. Hier eingesperrt zu sein, bedeutet allein deshalb schon den baldigen Tod, da die Feuchtigkeit, die Kälte und die einsame Dunkelheit den menschlichen Körper früher oder später vergiften.

Je weiter Edwin die massiven Steintreppen hinunter schreitet, desto kühler wird es. Es stinkt nach abgestandener, feuchter Luft. Die glatten Mauern aus Sandstein weichen allmählich grob ausgehauenen, schwarzen Gesteinswänden. Der Gang zum Verlies ist mit Fackeln beleuchtet und wird vereinzelt von Wachleuten patrouilliert. Eigentlich wird der Zugang zu diesem Teil des Kerkers normalerweise unter Verschluss gehalten und nur die weiter oben gelegenen Gefängniszellen, die über eine einzige Öffnung in der Decke erreichbar sind, genutzt. Edwin hatte jedoch veranlasst, König

Sigur in eine der Zellen weiter unten zu bringen, die eine Wand mit eisernen Stangen aus Stahl besitzen. Das schwarze, harte Gestein des Verlieses, bildet dann die drei restlichen Wände der quadratischen Gefängniskammern.

Als Edwin die erste Zelle des Kerkers passiert, sieht er beiläufig hinein und hält plötzlich überrascht inne. Eine zusammengesunkene Gestalt sitzt dort, an die Gitterstäbe des Gefängnisses gelehnt, in einer großen Pfütze aus Blut. *Das muss der Attentäter gewesen sein, der sich von meinem Vater dabei erwischen lassen hatte, wie er dessen Weinkelch vergiftete. Anscheinend hat man IHM keinen fairen Prozess gewährt. Was für unglaubliche Heuchler sie doch alle sind. Aber natürlich machen sich Tradorn und seine Richter nicht die Mühe, ihr Rechtssystem auch auf solche Menschen wie ihn anzuwenden. Aber über einen König zu richten, ist eine Demonstration ihrer Macht. Die adligen Häuser wollen sich langsam gegen die Königsfamilie auflehnen. Aber das werde ich nicht zulassen! Auch wenn sie denken, dass sie mit mir ein leichteres Spiel haben werden als mit meinem Vater. Aber wir werden sehen, wer als Letztes noch steht. Im Augenblick überschneiden sich nur unsere Interessenlagen.*

Der Kronprinz kommt langsam vor den Gitterstäben einer Gefängniszelle weiter hinten im Raum zum Stehen. Eine Fackel an der Seite der Kammer lässt nur wenig Licht in die kleine Zelle hineinfallen, aber es ist genug, um den Mann zu erkennen, der ihm auf der anderen Seite der Gitterstäbe gegenübersteht.

König Sigur sieht blass aus. Sein Haar liegt strähnig und wirr um seinen Kopf und sein Bart ist vollkommen zerzaust. Er trägt noch immer den blauen Mantel des Königs mit dem goldenen Adlersymbol auf dem Rücken, jedoch ist dieser mittlerweile verdreckt und an mehreren Stellen eingerissen. *Ohne die Krone und den Juwelen an seinen Fingern ist er nur noch ein alter Mann. Und ohne Macht wird aus einem Tyrannen nur ein*

kranker Mensch, der sich an dem Leid anderer ergötzt. Er war zu
selbstsicher und zu verblendet. Fehler, die ich nicht begehen werden.

»Hallo Vater.«

König Sigur starrt ihn für einen Moment durchdringen an.
Als er anfängt zu sprechen, klingt seine Stimme belegt, als
hätte er sie eine Weile nicht benutzt.

»Meinst du nicht Edwin, dass du dieses Spiel lange genug
gespielt hast? Es reicht jetzt. Ich bin der König von Chrandos!
Niemand hat das Recht, mich hier einzusperren! Ich will sofort
hier raus!«

Der Kronprinz zieht in gespielter Überraschung die
Augenbrauen nach oben. »Ach, auf einmal verlangst du nach
dem Recht? Das hat dich doch sonst nicht interessiert.«

Sigur greift an die Gitterstäbe und rüttelt wütend daran.
»Ich will hier verdammt noch einmal raus! Ich bin der
Herrscher von Chrandos! Du tust, was ich sage!«, brüllte er aus
tiefster Kehle.

Edwin kicherte nur. »Nicht mehr lange. Bald werde ich die
Krone von Chrandos tragen! Und weißt du, was meine erste
Amtshandlung sein wird?« Er tritt näher zu seinem Vater
heran und senkt seine Stimme. »Ich werde deinen Kinder-
schändenden Schwanz hier unten einmauern lassen, damit ich
deine widerliche Fratze nur noch in meinen Albträumen sehen
muss. Du wirst nicht auf den Hügeln der Könige beerdigt
werden und niemand wird kommen, um für deine Seele ein
Opfer darzubringen. Stattdessen wird dein Körper hier unten
verfaulen!« Die letzten Worte schreit Edwin und er sieht zum
ersten Mal Angst in den Augen seines Vaters aufblitzen. Die
Genugtuung, die der Kronprinz gerade verspürt, ist für ihn
wie ein Rausch. »Du denkst, du hast mich gebrochen und
deinem Willen unterworfen, Vater, aber du irrst dich. Mein
Hass hat mich zu etwas viel Stärkerem gemacht. Er hat mich
verschlungen und wiedergeboren!«

Mit einem Lächeln auf dem Gesicht blickt er in die weit aufgerissenen, braunen Augen seines Vaters, die in dem schlechten Licht fast schwarz erscheinen.

Endlich bekommst du, was du verdienst. Zufrieden will sich Edwin zum Gehen abwenden, als er die traurige Stimme von König Sigur hinter sich hört.

»Deine Mutter würde sich im Grab umdrehen, wenn sie wüsste, was du hier tust, Edwin. Madrin hätte das niemals zugelassen.«

Mit vor Zorn verzehrtem Gesicht dreht sich der Prinz ruckartig um. »Wage es nicht, ihren Namen zu nennen! Du hast jedes Recht verwirkt, das zu tun!« Er läuft wieder ein paar Schritte auf den König zu. »Es gibt nur einen Grund, dass du vor mir über sie redest. Du willst, dass ich dir, blind vor Wut, ein schnelles Ende schenkte, nicht wahr? Aber das wird nicht geschehen! Du wirst ihr unten langsam verrecken, das verspreche ich dir!« Er spuckt angewidert auf den Boden vor der Zelle.

Als er sich diesmal endgültig abwendet, begleiten ihn die abwechselnd zornigen und flehenden Schreie seines Vaters, noch lange auf seinem Weg nach oben, zurück an die Oberfläche. *Du wirst begreifen, König Sigur, dass das, was du erschaffen hast, dein Untergang sein wird. Früher oder später.*

KAPITEL 16

Nach drei Tagen ist der Prinz wieder so erholt, dass er sich stark genug fühlt, einen Spaziergang zu unternehmen.

Emsie wartet bereits in der Morgensonne ungeduldig vor Sennas Holzhütte. Die Kräuterhexe ist gerade in ihrem Garten geschäftig dabei, ihre Pflanzen zu ernten, und schenkt ihr keinerlei Beachtung.

Als Ferran endlich herauskommt, fällt der Schwertkämpferin sofort die dunkelblaue Tasche auf, die über seiner Schulter hängt. »Was ist in dem Beutel? Etwas zu essen?«

Der Prinz sieht sie nur amüsiert an. »Du hast wirklich nichts anders im Kopf. Wie kannst du bei den Massen, die du isst, eigentlich so schlank bleiben?«

Sie reckt bei diesen Worten stolz das Kinn nach vorne. »Nun, ja … Ich trainiere viel, also muss ich viel essen.«

»Das war eigentlich nicht als Kompliment gemeint.«

Emsie zuckt verlegen mit den Achseln. »Los, lass uns endlich aufbrechen! Im Wald gibt es einen recht schönen Weg, der sich gut für einen leichten Spaziergang eignet.«

Nachdem sie einige Zeit unterwegs waren, merkt Ferran, dass es ihm immer schwieriger fällt, mit Emsie mitzuhalten. Mit rasendem Herzen und außer Atem bleibt der Königssohn schließlich an einem massiven Eichenbaum stehen.

Die Schwertkämpferin sieht besorgt hinter sich und läuft zu ihm zurück. »Du hättest sagen sollen, dass du eine Pause brauchst, Ferran.«

Er schüttelt den Kopf. »Es geht gleich wieder, ich muss mich nur kurz ausruhen.«

»Das ist die Definition einer Pause, oder?«

Er sieht sie mit kühlem Blick an, während er an dem Stamm des Baumes gelehnt nach unten auf den Boden rutscht. »Besserwisser mag niemand und freche Gören ebenfalls nicht.«

Emsie muss grinsen und setzt sich neben ihn auf den moosigen Waldboden. »Wie gut, dass niemand hier ist, auf den diese Definition zutrifft.«

Der Prinz schnaubt verächtlich aus.

Die Schwertkämpferin fasst besorgt mit ihrer Hand an seine Stirn. »Fieber hast du jedenfalls nicht ...«

Ferran sieht genervt zu Emsie hoch und schiebt ihre Hand fort.

Für einen Moment treffen sich ihre Blicke. Emsie bemerkt, wie die Kälte aus seinen Augen verschwindet. Sein sanfter Blick bringt ihr Blut auf einen Schlag zum Kochen. Langsam streicht er ihre Wange entlang, hinunter zu ihrem Schlüsselbein. Seine Finger bahnen sich den Weg weiter nach unten. Sie bemerkt, wie ihr Atem schneller wird.

»Ferran ... Kannst du denn ... Ich meine, was ist mit deinem ...«

Emsie flüstert die Worte, aber der Prinz ist ihr so nah, dass er jedes einzelne Wort verstehen kann. Er unterbricht ihre Frage, indem er sie an sich zieht und fordernd seine Lippen auf ihre presst.

Als sich die Liebenden langsam voneinander lösen, bleiben sie noch eine Weile nebeneinandersitzen. Emsie legt ihren Kopf auf Ferrans Schulter und lauscht für einen Moment einfach nur dem Zwitschern der Waldvögel. Dann fällt ihr Blick auf die Tasche, die der Prinz vorhin neben sich abgelegt hatte.

»Du hast mir immer noch nicht gesagt, was da eigentlich drin ist.«

Der junge Mann folgt ihrem Blick und seufzt schließlich. »Welran hat mich besucht.«

Sie reißt erstaunt die Augen auf. »Der Zauberer? Wann?«

»An dem Morgen, an dem Kandell uns besucht hat.«

»Was? Aber warum hast du mir nichts davon erzählt?«

Ferran zuckt nur mit den Schultern. »Ich habe ihm gebeten, etwas für mich aus meinem Zimmer zu holen.« Er greift nach der Tasche und fasst hinein.

Als Emsie erkennt, was er da aus dem Beutel herauszieht, schüttelt sie fassungslos den Kopf. »Sie ist verzaubert, nicht wahr? Sonst kann ich mir nicht vorstellen, wie ein Elfenschwert in so eine kleine Tasche passen soll.«

Ferran nickt und übergibt ihr kommentarlos die Waffe. Als die junge Frau das Schwert aus der Scheide herauszieht, betrachtet sie fasziniert die kunstvollen Maserungen auf der Klinge. Nachdenklich sieht sie zu dem Prinzen herüber.

»Warum gibst du mir sie gerade jetzt? Und warum tut der Magier das für dich? Die ganze Mühe nur wegen eines Elfenschwerts?«

Ferran greift noch einmal in die Tasche und zieht sein in Leder gebundenes Skizzenbuch hervor.

»Nicht nur wegen eines Schwerts. Aber deine Frage ist berechtigt. Ich weiß nur, wenn Welran nicht gewesen wäre, würde ich jetzt nicht hier sitzen. Aus vielerlei Gründen. Er hat sich nach dem Tod meiner Mutter um mich und Edwin gekümmert, als mein Vater es nicht konnte. Edwin war damals bereits 5 Jahre alt gewesen. Er ist nie mit Welran warm geworden. Anders als ich, für den er den eigenen Vater ersetzte, zu dem ich niemals eine Bindung aufbauen konnte. Ebenfalls aus vielerlei Gründen. Übrigens, hat mein lieber Bruder dafür gesorgt, dass ich in Schwarzerden und im Rest des Königreiches als versuchter Vater- und Königsmörder gelte. Er hatte schon immer einen recht komischen Sinn für Geschwisterliebe.«

Emsie sieht den Mann vor ihr mitleidig an. »Ich gebe zu, deine Verwandtschaft ist deutlich schlimmer als meine. Wenn auch knapp. Meine Tante Grona und ihr Glaube an einen Kobold, der unter ihrem Dach wohnt, ist zumindest eine Erwähnung wert.«

»Das war ein grauenhafter Versuch, mich aufzumuntern, Emsie.«

Die Schwertkämpferin senkt den Blick, dann beugt sie sich nach vorne, küsst den überraschten Prinzen auf den Mund und fällt ihm anschließend in die Arme.

»Ich habe mir solche Sorgen um dich gemacht«, flüstert die Schwertkämpferin, »Es gab einen Moment, da dachte ich, dass du es nicht schaffen würdest. Und das hat mir wahnsinnige Angst gemacht.«

Er drückt sie enger an sich. »Ich weiß. Mir auch.«

Sie richtet sich auf und sieht ihm direkt in seine blauen Augen. »Heißt das, du kannst nicht mehr nach Schwarzerden zurückkehren? Ist es das, was du mir sagen möchtest?«

»Ich will dir sagen, dass dir, im Gegensatz zu mir, noch alle Wege offenstehen. Tradorn hat dich und deine Familie bisher aus der ganzen Sache rausgehalten. Gegen dich liegt keine Anklage vor. Zumindest keine offizielle.«

Emsie verzieht verärgert den Mund. »Du willst, dass ich dich verlasse? Dass ich zurück zu Edwin und seinen kranken Spielchen gehe? Was glaubst du, was er macht, wenn er mitbekommt, dass ich zurück bin? Ich wette, er hat versucht, deinen Vater zu vergiften. Wahrscheinlich war er es auch, der dich verflucht hat! Und zu solch einem Mann soll ich zurückkehren?«

Der Prinz schüttelt den Kopf und zwingt die junge Frau, ihn direkt anzusehen. »Nein. Ich habe dieses Schwert aus einem bestimmten Grund bringen lassen. Ich will, dass du zu Gu'armo, dem Meister der Schwertkunst gehst. Zufällig lebt er nicht weit von hier entfernt. Ich bin mir sicher, dass er dich aufnehmen wird. Nur ein Narr von einem Meister würde dich nicht als Schülerin wollen, Emsie. Du hast Talent und Durchhaltevermögen. Und ich weiß, dass es das ist, was du willst, richtig?«

Die junge Frau zieht die Augenbrauen zusammen. »Das war, bevor ich …«, sie stockt kurz und entzieht sich seinem Griff. »Ich will dich nicht verlassen, Ferran ... Warum kommst du nicht einfach mit?«

»Ich kann nicht, Emsie. Es tut mir leid.«

Sie sieht ihn nachdenklich an. »Und was willst du tun? Wo willst du leben? Etwa bei Welran?«

Er schüttelt den Kopf. »Ich bin jetzt ein Abtrünniger. Und jeder der mir hilft, ist ebenfalls einer. Nein, ich werde nicht bei Welran leben. Aber ich werde auch nicht untätig herumsitzen, während mein Bruder durch Intrigen auf den Thron gekommen ist. Ich will dem Ganzen ein Ende machen. Keiner, ob Mann oder Frau, sollte durch das Recht des Blutes zum Anführer werden. Das Volk sollte seinen Henker und Herrscher selbst wählen können. Jemanden, der mehr zu einem König taugt als mein Vater, Edwin oder ich selbst. Meine Familie hat lange genug reagiert. Und ich weiß, dass es bereits Menschen gibt, die meine Ansichten unterstützen werden. Aber es wird einige Zeit dauern, auch andere davon zu überzeugen und diese Menschen um mich zu sammeln. Und wenn es so weit ist, werde ich eine Meisterin der Schwertkunst gut gebrauchen können.«

Emsie starrte auf die Waffe in ihrem Schoß und dann wieder zu Ferran herüber. »Hasst du deinen Bruder?«

Die Frage überrascht den jungen Mann. Er zögert kurz, bevor er antwortet. »Wirklich hassen, tue ich ihn nicht. Wären die Umstände anders gewesen, wäre ich vermutlich genauso geworden wie er. Bevor wir uns richtig kannten, Emsie, bin ich auch kurz davor gewesen. Trotzdem kann ich das, was er getan hat, nicht einfach ignorieren.«

»Aber Edwin hasst dich, weil deine Mutter bei deiner Geburt starb?«

»Wahrscheinlich auch, weil ich ihn daran erinnere, was Vater mit uns gemacht hat.«

Die Schwertkämpferin runzelt die Stirn. »Du meinst die Verletzungen, die er euch zugefügt hat?«

Er sieht mit kaltem Blick zu ihr herüber. »Er nennt es das Spiel der Narben. Der Gewinner musste dem Verlierer Wunden zufügen. Die Narben, die davon zurückbleiben, sollen uns immer an unsere begangenen Fehler erinnern. Selbst die Heiler waren angewiesen uns nur so weit zu behandeln, dass wir nicht an den Verletzungen sterben würden.«

Emsie starrt schockiert zu Boden. Es dauert einen Moment, bis sie das Gesagte verarbeitet hat. »Ferran, das … Das tut mir so leid …« Tränen beginnen sich in ihren Augen zu bilden. »Wie konnte er euch so etwas nur antun! Er sollte euch beschützen und nicht … nicht misshandeln!«

Er wischt ihr die Tränen aus dem Gesicht. »Warum weinst du denn?«

Sie sieht in zornig an. »Weil das alles so traurig ist, du Idiot! Und weil ich mich nicht von dir verabschieden möchte.«

»Aber du weißt, dass ich recht habe. Du hast deinen Traum Emsie und ich habe meinen. Wir können nicht beides zusammen haben.«

Sie blickt ihn lange nachdenklich an. »Wie viel Zeit haben wir noch?«

»Kandell und Welran werden heute Abend kommen, um uns abzuholen. Bis dahin müssen wir uns entscheiden.«

»Dann ist das heute ein Abschied?«

Er schüttelt den pechschwarzen Haarschopf und fährt ihr liebevoll mit den Fingern durch das Haar. »Ein Abschied hat so etwas endgültiges, meinst du nicht?«

Der Blick der jungen Frau fällt auf Ferrans Skizzenbuch, das vor ihnen im Gras liegt. Sie nimmt es in die Hand und blättert ziellos durch die vielen Seiten.

Der junge Prinz sieht ihr dabei zu, als würde er ihr es am liebsten aus den Händen reißen.

Plötzlich stock Emsie. Eine der Zeichnungen kommt ihr bekannt vor.

»Du ... Du hast mich gezeichnet?«

Er blickt verlegen zur Seite und nickt stumm.

»Von wann stammt das erste Bild?«

Widerwillig antwortet er ihr. »Wieso ist das wichtig?«

Sie rollt mit den Augen. »Nun sag schon.«

»Ich habe es an dem Tag gezeichnet, als uns die Wespen in den Fluss getrieben haben.«

Die Schwertkämpferin sieht wieder zurück auf die Skizze. »Du hast mich wirklich gut getroffen. Aber Vögel scheinen mehr deine Leidenschaft zu sein, habe ich recht? Besonders diesen schwarzen Vogel hast du ziemlich oft gezeichnet. Ist das eine Amsel?«

»Ja ... sie haben letzten Sommer in der Nähe meines Balkons genistet.«

Sie blickt ihn mit ihren braunen Augen traurig an und lächelt. »Du solltest ihn als Wappen benutzen, denkst du nicht? Ferran der gefallene Amselprinz, Anführer der Rebellion gegen das Königreich. Klingt gut, finde ich.«

»Emsie ich ...«

»Zwei Jahre.« Entschlossen sieht die junge Frau zu ihm herüber.

»Was?«

»In zwei Jahren werde ich den Meistergrad erreichen. Dann sehen wir uns wieder.«

»Zwei Jahre erscheinen mir dafür, ehrlich gesagt, recht knapp bemessen.«

»Für dich vielleicht. Aber vor dir sitzt immerhin Emsie Frost, die Tochter von Ida, der weiße Viper von Tiraná! Wir werden uns in zwei Jahren treffen. Ich hoffe, die Zeit wird reichen, genug Leute zu finden, die sich dir anschließen wollen. Und wenn nicht, werde ich bei dir sein, um dir zu helfen. Keine Ahnung, wie ich das Kandell und meinen Eltern beibringen werde, aber ...«

Ferran greift ihren Arm und zieht sie auf einmal fest an sich. Emsies Entschlossenheit gerät ins Wanken. Sie versucht, ein Schluchzen zu unterdrücken, aber je länger er sie in seinen Armen hält, desto schwieriger fällt es ihr.

»Irgendwie fühlt es sich doch wie ein Abschied an«, flüstert der junge Mann.

Ende des ersten Teils.